네 가지 약속

천년간 전해온 톨텍 인디언의 위대한 가르침

돈 미겔 루이스 지음 | 유향란 옮김

김영사

네 가지 약속

1판 1쇄 발행 2012. 9. 24.
1판 10쇄 발행 2024. 9. 20.

지은이 돈 미겔 루이스
옮긴이 유향란

발행인 박강휘
발행처 김영사
등록 1979년 5월 17일(제406-2003-036호)
주소 경기도 파주시 문발로 197(문발동) 우편번호 10881
전화 마케팅부 031)955-3100, 편집부 031)955-3200 | 팩스 031)955-3111

값은 뒤표지에 있습니다.
ISBN 978-89-349-5953-3 03840

홈페이지 www.gimmyoung.com 블로그 blog.naver.com/gybook
인스타그램 instagram.com/gimmyoung 이메일 bestbook@gimmyoung.com

좋은 독자가 좋은 책을 만듭니다.
김영사는 독자 여러분의 의견에 항상 귀 기울이고 있습니다.

이 지상을 스쳐가는 모든 이에게

먼저 이 세상을 다녀간 사람들에게
지금 이 세상에 살고 있는 사람들에게
그리고 아직 이 세상에 오지 않은 사람들에게

차례

톨텍 인디언

수천 년 전, 톨텍 인디언은 멕시코 남부 전역에서 '지혜로운 사람들'로 알려져 있었다. 인류학자들은 톨텍 인디언을 하나의 민족이나 부족으로 취급해왔지만, 사실 그들은 고대인들의 영적 지혜와 관습을 탐구하고 보존하기 위해 하나의 사회를 형성한 과학자나 예술가들이었다. 영적 스승인 '나구알nagual'과 그 제자들로 이루어진 이들 일행은 멕시코시티 외곽의 고대 피라미드 도시인 테오티우아칸Teotihuacan으로 함께 왔는데, 이 도시는 '인간이 신이 되는 곳'으로 알려져 있었다.

'나구알'들은 천년이 넘는 세월 동안 고대의 지혜를 숨긴 채 그 존재를 세상에 드러내지 못했다. 톨텍 문명이 유럽 사람들에게 정복당했을 뿐 아니라, 일부 견습생들이 개인의 능력을 제멋대로 악용하는 일이 잦아 그럴 수밖에 없었다. 말하자면 고대의 지혜를 슬기롭게 활용할 준비가 되어 있지 않거나, 사리사욕을 위해 고의로 그것을 악용할지도 모르는 사람들로부터 그 지혜를 보호할 필요를 느꼈던 것이다.

다행히 톨텍 인디언 비전秘傳의 지혜는 여러 '나구알' 가문을 통해 세대를 이어가며 구현되고 전수되었다. 비록 오랜 세월 동안 베일에 가려진 채 숨겨져 있었지만, 고대의 예언자들은 언젠가 그 지혜를 사람들에게 돌려줄 때가 올 것이라고 예언했다. 이제 독수리 기사 가문의 '나구알'인 돈 미겔 루이스가 톨텍 인디언의 위대한 가르침을 함께 나누기 위해 우리에게 왔다.

본질적으로 톨텍 인디언의 지혜는 전 세계에서 발견된 모든 신성한 비전의 전통과 같이 단일한 진리에서 우러나온 것이다. 종교는 아니지만 지상에서 가르침을 베푼 모든 영적 스승들을 찬미한다. 톨텍 인디언의 지혜가 영적인 것이라고는 해도 실제로는 삶의 방식으로 보는 것이 가장 정확한 표현이라고 할 수 있다. 특히 행복과 사랑을 얻는 데 즉시 활용할 수 있는 유용한 삶의 지혜라고나 할까.

들어가는 글

안개 낀 거울

삼천 년쯤 전에 우리와 똑같은 사람이 산으로 둘러싸인 도시 근처에 살고 있었다. 그는 의사가 되기 위해, 또 선조들의 지혜를 배우기 위해 공부를 하였는데, 유감스럽게도 자신이 배우는 모든 내용을 전적으로 수긍할 수가 없었다. 틀림없이 그 이상의 무언가가 있을 거라는 생각이 그의 마음속에서 꿈틀거렸다.

어느 날 그는 동굴 안에서 잠을 자다 꿈을 꾸었는데, 그 꿈속에서 자고 있는 자신의 몸을 보았다. 잠에서 깨어난 그는 동굴 밖으로 나왔다. 하늘에는 초승달이 걸려 있었다. 맑은 밤하늘을 수놓으며 반짝이는 무수한 별들이 그의 눈에 들어온 순간, 그의 삶을 송두리째 바꾸어놓은 엄청난 일이 그의 내면에서 벌어졌다. 그는 자기 손을 쳐다보고 자기 몸을 만져보았고, 자신이 말하는 소리를 들었다. "나는 빛으로 만들어졌다. 나는 별들로 이루어졌다."

그는 다시 한 번 별을 올려다보았다. 그러고는 별이 빛을 만드는 것이 아니라 오히려 빛이 별을 만든다는 사실을 깨닫고 말했다. "삼라만상은 빛으로 만들어졌고, 그 사이의 공간은 비어 있지 않다." 아울러 그는 우주에 존재하는 모든 것이 하나의 생명체라는 사실을 깨달았다. 또 빛은 살아 있으면서 모든 정보를 지니고 있으므로 빛이야말로 생명의 전달자라는 것도 알았다.

한편 그는 자신이 별로 만들어지긴 했지만, 별은 아니라는 것을 깨달았다. 대신 '나는 별들 사이에 존재한다'라는 생각이 들었다. 그리하여 그는 별들을 '토날tonal'이라 부르고, 별들 사이의 빛은 '나구알'이라 불렀다. 그러면서 그 둘 사이의 조화와 공간을 만들어낸 것이 생명 혹은 의도라는 것도 알았다. 생명 없이는 '토날'도 '나구알'도 존재할 수 없었다. 생명이란 절대자의 힘이자 지고한 존재의 힘이며, 삼라만상을 창조한 창조주의 힘이다.

이 세상에 존재하는 모든 것은 우리가 신이라고 부르는 생명체의 존재를 드러내는 현상이다. 따라서 '삼라만상이 신이다'라는 게 그가 깨달은 진리였다. 이를 바탕으로 그는 인간의 지각知覺이란 빛을 지각하는 빛에 불과하다는 결론을 내렸다. 아울러 세상을 구성하는 물질이 거울이라는 것도 깨달았다. 다시 말해 이 세상의 모든 것은 빛을 반사하거나 그 빛의 이미지를 만들어내는 거울이라는 것이다. 또 환상의 세계인 꿈은 우리 자신의 진정한 모습을 보지 못하게 하는 연기와 같다는 것도 깨달았다. 그가 말했다. "우리의 참모습은 순수한 사랑이고 순수한 빛이다"라고.

이러한 깨달음이 그의 삶을 송두리째 바꾸어놓았다. 일단 자신의 참모습을 깨닫자 그는 주변의 다른 사람들과 자연을 둘러보게 되었고, 자신이 본 것에 깜짝 놀랐다. 그는 이 세상에 존재하는 모든 것 속에서 자신을 보았다. 모든 사람과 동물과 나무들 속에서, 물과 비, 구름과 대지 속에서 자신을 보았다. 또 생명이 자신을 온갖 형태로 구현하기 위해 다양한 방식으로 '토날'과 '나구알'을 혼합한다는 것도 깨달았다.

그 짧은 순간에 그는 모든 것을 이해했다. 그러자 그의 가슴에 형언할 수 없는 기쁨과 평화가 흘러넘쳤다. 그는 자신이 깨달은 바를 사람들에게 당장 말하지 않고서는 도저히 배길 수가 없었다. 그런데 그것을 설명할 도리가 없었다. 그는 사람들에게 그것을 알려주려고 무진 애를 썼지만 그들은 그의 말을 이해하지 못했다. 그래도 사람들은 그가 변했다는 것을, 그의 눈과 목소리에서 무언가 아름다운 것이 발산되고 있음을 알 수 있었다. 또 그가 더 이상 누구에 대해서나 무엇에 대해서 심판하지 않는다는 것을 알았다. 그는 이제 주위 사람들과는 완전히 다른, 새로운 사람이 되었다.

그는 모든 사람을 완벽하게 이해했으나 그를 이해할 수 있는 사람은 아무도 없었다. 사람들은 그를 신의 화신化身이라고 믿었다. 그러자 그 말을 들은 그가 미소를 지으며 말했다.

"그렇습니다. 나는 신입니다. 하지만 당신도 신입니다. 우리는, 당신과 나는 똑같은 존재입니다. 우리 모두 빛의 이미지입니다. 우리는 신입니다."

하지만 사람들은 여전히 그를 이해하지 못했다.

그는 자신이 다른 사람을 비춰주는 거울이자 자기 자신을 볼 수 있는 거울임을 깨달았다. 그가 말했다. "모든 사람은 거울이다." 그는 모든 사람 안에서 자기 자신을 보았지만, 그에게서 자기 자신을 본 사람은 아무도 없었다. 결국 그는 모든 사람이 아무것도 의식하지 못하고, 자신의 진정한 모습도 깨닫지 못한 채 꿈을 꾸고 있다는 것을 깨달았다. 그들이 그에게서 자기 자신을 볼 수 없는 까닭은 거울과 거울 사이, 곧 사람들 사이에 안개나 연기의 벽이 가로막혀 있기 때문이었다. 그런데 그 안개의 벽이란 빛의 이미지를 해석한 것에서 비롯하므로, 바로 인간의 꿈이다.

한편 그는 얼마 지나지 않아 자신이 깨친 진리를 다 잊어버리게 되리라는 것을 알았다. 그는 자신이 깨달은 통찰을 온전히 기억하고 싶었기에 자신을 '안개 낀 거울'이라고 부르기로 작정했다. 그렇게 부르면 모든 사람이 다 거울이라는 사실과, 거울 앞을 가로막는 안개가 자신의 참모습을 보지 못하게 방해하는 요인이라는 사실을 항상 의식할 수 있을 것 같았다. 그는 말했다. "저는 안개 낀 거울입니다. 저는 여러분 모두에게서 제 자신을 보고 있지만, 여러분은 여러분 사이를 가로막는 안개 때문에 서로를 알아보지 못하기 때문입니다. 그 안개가 곧 꿈이고, 거울은 바로 꿈꾸는 자들인 여러분 자신입니다."

네 가지 약속

The Four Agreements

눈을 감은 채 살아가기는 쉬운 일이지,
눈에 보이는 모든 것을 오해하면서……
— 존 레논(John Lennon, 1940~1980)

길들여지기와 지구의 꿈

지금 우리가 보고 듣는 모든 것은 전부 하나의 꿈에 불과하다. 우리는 지금 이 순간에도 꿈을 꾸고 있다. 뇌가 깨어 있는 가운데 꿈을 꾸는 것이다.

꿈을 꾸는 것은 마음의 가장 중요한 기능으로, 사람의 마음은 하루 스물네 시간 온종일 꿈을 꾼다. 마음은 뇌가 깨어 있을 때에도 뇌가 잠들었을 때에도 꿈을 꾼다. 차이점이라면, 뇌가 깨어 있을 때에는 상황을 일정한 방식으로 인지하게 하는 물리적 틀이 있는 반면, 잠이 들면 그 틀이 사라지고 꿈은 끊임없이 변화하는 경향을 띤다는 점이다.

인간은 끊임없이 꿈을 꾸며 산다. 우리가 태어나기도 전에 우리 조상들은 커다란 외부의 꿈을 만들어놓았는데, 우리는 그것을 사회의 꿈 또는 '지구의 꿈'이라고 부를 수 있다. 지구의 꿈은 수십억 개의 좀 더 작은 개인의 꿈의 집합체로, 개인의 꿈이 모여 가정의 꿈을 이루고, 점차 마을 공동체의 꿈, 도시의 꿈, 나라의 꿈을 이루다가 마침내 전 인류의 꿈으로 확대된다. 지구의 꿈은 사회의 모든 규칙, 신념, 법률, 종교, 온갖 다양한 문화와 존재 방식, 정부, 학교, 사회적 행사, 명절 등을 모두 포괄한다.

우리는 어떻게 꿈을 꾸어야 하는지 배울 수 있는 능력을 타고난다. 또 우리보다 앞서 산 사람들이 기성 사회가 꿈꾸는 식으로 꿈꾸는 방법을 가르쳐준다. 외부의 꿈에는 규칙이 너무 많아서 아기가 새로 태어날 경우, 사람들은 그 아이의 주의를 끌어서 아이의 마음속에 규칙들을 주입하기 바쁘다. 외부의 꿈은 아이들에게 꿈꾸는 법을 가르치기 위해 엄마와 아빠, 학교, 종교를 이용한다.

'주의력'이란 인지하고 싶은 것을 골라 거기에만 집중할 수 있는 능력이다. 우리는 동시에 여러 가지를 인지할 수 있다. 하지만 주의력을 이용하면 자신이 인지하고 싶은 것은 무엇이든 제일 먼저 인지할 수 있다. 어른들은 일단 어린아이들의 주의를 끈 다음, 반복을 통해 아이들 마음속에 어른들이 원하는 정보를 주입시킨다. 이런 식으로 우리는 우리가 알고 있는 모든 것을 배우고 익혔다.

우리는 주의력을 이용해 온갖 현실과 꿈을 배우고, 사회생활을 하면서 어떻게 처신해야 하는지도 배웠다. 또 무엇을 믿고 믿지 말아야 할지, 무엇이 용납되고 용납되지 않는지, 무엇이 선이고 악인지, 무엇이 아름답고 추한지, 또 무엇이 옳고 그른지를 배웠다. 이것들은 모두 사회 속에 이미 존재하는 것들로, 말하자면 세상을 살아가면서 어떻게 처신해야 하는지에 관한 모든 지식과 경험이요, 모든 규칙과 개념이라고 할 수 있다.

어려서 학교에 다닐 때, 아이들은 작은 의자에 앉아 선생님이 가르치는 내용에 주의를 기울였다. 또 성당이나 교회에 가서는 신부님이나 목사님의 말씀에 귀를 기울였다. 이것은 엄마나 아빠, 형제나 자매들과의 관계에서도 마찬가지다. 부모형제 모두 아이의 주의를 끌려고 애를 쓴다. 아이들 또한 다른 사람들의 주의를 끄는 법을 배우면서 때로는 몹시 경쟁적으로 남의 이목을 끌고 싶어 안달을 한다. 부모와 교사, 친구들의 주의를 끌기 위해 경쟁을 벌인다. "저 좀 봐주세요! 제가 하고 있는 것을 좀 보세요! 저 여기 있단 말이에요!" 다른 사람들의 주의를 끌고 싶은 아이들의 욕구는 점점 더 강해지고 어른이 되어서도 계속된다.

외부의 꿈은 우리의 주의를 끌면서 우리에게 무엇을 믿어야 할지 가르치는데, 대개 우리가 사용하는 언어에서부터 시작한다. 언어는 인류가 서로 이해하고 소통하기 위해 정해놓은 기호로, 각각의 언어에 속하는 모든 글자와 단어는 사회적 약속이다. 우리는 지금 보고 있는 이 면을 책의 한 쪽이라고 부르는데, '쪽'이라는 단어는 누구나 다 이해하는 약속이다. 우리가 일단 그 기호를 이해하면, 관심이 쏠리면서 에너지는 한 사람에게서 다른 사람에게로 이동한다.

우리는 자신의 선택에 따라 모국어를 사용하는 것이 아니다.

우리가 믿는 종교나 도덕적 가치도 우리가 선택한 것이 아니다. 그것들은 우리가 태어나기 전부터 이미 존재했다. 우리에게는 무엇을 믿고 무엇을 믿지 말아야 할지 선택할 기회조차 없었다. 우리가 지키고 따르는 모든 약속 가운데 가장 하찮은 것조차 우리의 선택과는 아무런 상관이 없다. 심지어 우리 이름까지도 우리가 선택한 것이 아니다.

어렸을 때 우리는 자신의 믿음을 선택할 기회가 없었다. 대신 다른 사람을 통해 지구의 꿈으로부터 우리에게 전해진 정보에 동의했다. 정보를 축적하는 유일한 방법은 거기에 동의하는 것이다. 외부의 꿈은 우리의 주의를 끌 수 있지만, 우리가 동의하지 않는 한 그 정보를 축적할 수는 없다. 우리는 동의하는 순간 그 정보를 믿게 되는데, 이것이 이른바 신념이다. 신념을 갖는다는 것은 무조건 믿는다는 말이다.

이것이 바로 사람들이 어릴 때 무언가를 배우는 방식이다. 아이들은 어른이 말하는 모든 것을 그대로 믿고 동의한다. 그런데 그 믿음이 너무 확고한 나머지 이 신념 체계가 우리 삶의 꿈을 모조리 지배하게 된다. 우리는 이런 신념들을 스스로 선택하지 않았기에 때로는 반항하기도 한다. 하지만 반항을 성공시킬 만큼 강하지 못했기에 결국은 그 신념들에 동의하고 굴복하게 된다.

나는 이 과정을 '인간의 길들여지기'라고 부른다. 사람은 이 과정을 통해 어떻게 살아가고 꿈꾸어야 하는지 배운다. 이렇게 길들여지는 과정에서 외부의 꿈으로부터 비롯된 정보는 우리의 총체적인 신념 체계를 구축하며 내면의 꿈으로 옮겨진다. 먼저 어린아이들은 엄마, 아빠, 우유, 병 등 주변에 존재하는 사람이나 사물의 이름을 배운다. 그리고 점점 자라면서 집, 학교, 교회 및 텔레비전을 통해 어떻게 살아야 하고 어떤 행동들이 용납되는지 배우게 된다. 외부의 꿈은 우리에게 인간이 되는 법을 가르쳐준다. 그 결과 우리는 '여자'와 '남자'의 개념이 무엇인지 완벽하게 이해하게 된다. 또 심판하는 것을 배움으로써 우리 자신을 심판하고, 다른 사람과 이웃을 심판한다.

어린아이들은 사람이 개나 고양이 혹은 다른 동물을 길들이는 것과 똑같은 방식으로 길들여진다. 개를 길들이기 위해 우리는 개에게 벌을 주기도 하고 상을 주기도 한다. 그런데 우리는 그토록 사랑하는 자녀도 가축을 훈련시키는 것과 똑같은 방식으로 훈련시킨다. 바로 채찍과 당근이라는 상벌 제도이다. 아이들은 엄마 아빠가 원하는 대로 할 때 "넌 착한 아들이야" 혹은 "넌 착한 딸이야"라는 칭찬을 듣는다. 하지만 그렇지 못할 경우 아이들은 '나쁜 아들'이나 '나쁜 딸'이 되고 만다.

아이들은 규칙을 어길 경우 벌을 받고, 규칙을 잘 지킬 경우 상을 받는다. 그 결과 하루에도 몇 차례씩 벌이나 상을 받는다. 결국 얼마 지나지 않아 아이들은 벌을 받는 상황이나 상을 받지 못하는 상황을 두려워하게 된다. 여기서 상이란 부모나 친척, 교사, 친구 등으로부터 받는 관심인데, 아이들은 상을 받기 위해 점점 더 안달복달한다.

상을 받으면 기분이 좋아지므로 아이들은 상을 받기 위해 계속해서 다른 사람이 바라는 일을 한다. 또 상을 받지 못하거나 벌을 받을까 봐 두려운 나머지 자기 자신이 아닌 다른 사람처럼 행동하기 시작한다. 오로지 다른 사람들의 비위를 맞추고, 다른 사람들로부터 좋은 사람이라는 소리를 듣기 위해 그러는 것이다. 아이들은 엄마 아빠를 기쁘게 하려고 애를 쓸 뿐 아니라, 학교에서는 교사를, 교회에서는 목사를 만족시키기 위해 노력한다. 그 결과 아이들은 다른 사람처럼 연기하기 시작한다. 남들에게 거절당할까 봐 두렵기 때문이다. 그리고 이런 두려움은 자신이 충분히 괜찮은 사람이 아닐지도 모른다는 두려움으로 바뀌게 된다. 결국 아이들은 자기 자신이 아닌 다른 사람이 되고 만다. 엄마 아빠의 믿음, 사회와 종교의 신념을 고스란히 따르는 존재가 되는 것이다.

길들여지는 과정에서 아이들은 타고난 자연스러운 기질을 모조리 잃어버린다. 그러다가 말귀를 알아들을 만큼 철이 나면 '아니요'라는 말을 배우게 된다. 어른들이 "이건 하지 마라, 저것도 하지 마라"라고 금지하면, 아이들은 "싫어요!"라고 외치면서 반항한다. 반항한다는 것은 곧 자신의 자유를 지키고 있다는 말이다. 아이들은 자기 자신으로 살고 싶어 하지만, 안타깝게도 어른들을 상대하기에 너무 작고 여리다. 그러다가 어느 정도 나이를 먹으면 아이들은 잘못을 저지를 때마다 벌을 받는다는 사실을 알게 되면서 두려움을 갖기 시작한다.

얼마나 철저하게 길들여졌는지 아이들은 인생의 어느 시기에 도달하면 더 이상 길들일 사람을 필요로 하지 않는다. 이제는 아이들을 길들이기 위해 부모도 학교도 교회도 다 필요 없다. 그동안 훈련이 매우 잘된 덕분에 아이들은 스스로 길들이게 된 것이다. 인간은 척척 알아서 스스로 길들이는 동물이다. 이제 아이들은 그들에게 주어진 똑같은 신념 체계에 따라 자기 자신을 길들일 수 있다. 물론 어른들이 하던 대로 똑같은 상벌 제도를 활용한다. 만일 자신의 신념 체계에 따른 규칙을 준수하지 않을 경우, 아이들은 스스로 벌을 준다. 하지만 '착한 아들'이나 '착한 딸'처럼 행동할 경우에는 스스로 상을 준다.

신념 체계는 우리 마음을 지배하는 법전과 같다. 우리는 그 법전에 실린 내용이면 무엇이든 눈곱만큼도 의심하지 않고 무조건 진리로 받아들인다. 따라서 우리가 내리는 모든 판단은 이 법전에 근거한다. 설사 이 판단들이 우리 자신의 내면의 본성에 어긋나는 것이라도 그것을 따른다. 또 길들여지는 과정에서 십계명과 같은 도덕률도 우리 마음속에 입력된다. 이렇게 이 모든 약속이 차례차례 법전에 포함되면서 우리의 꿈을 지배하게 된다.

우리 마음속에는 모든 사람과 사물을 심판하는 존재가 있다. 물론 날씨, 개, 고양이 등 온 세상의 모든 것이 다 심판 대상이 된다. 마음속의 판관은 법전에 들어 있는 내용을 기준으로 모든 것을 심판한다. 우리가 행하거나 행하지 않은 것, 생각하거나 생각하지 않은 것, 느끼거나 느끼지 않은 모든 것을 심판한다. 이 세상의 모든 것이 다 이 판관의 독재하에 놓여 있다. 따라서 우리가 법전에 어긋나는 행동을 할 때마다 판관은 우리에게 유죄를 선고하고, 그 결과 우리는 벌을 받고 수치를 당해야 한다. 이런 일이 평생 동안 날이면 날마다 하루에도 몇 번씩 일어난다.

한편 우리에게는 자신에 대한 심판을 인정하는 또 다른 부분이 있는데, 이른바 희생자라고 불리는 부분이다. 우리 자신의 일부분인 희생자는 죄책감과 죄의식과 수치심을 감수하면서 이렇게 탄식한다. "나도 참 한심하군! 나는 그리 좋은 사람도 못 되고, 똑똑하거나 매력적이지도 않고, 사랑받을 만한 가치도 없어. 나도 참 불쌍하지." 그러면 위대하신 판관 나리께서 이 신세타령에 맞장구를 쳐준다. "맞아. 당신은 별로 좋은 사람이 아니야." 물론 이 모든 판단은 우리가 믿겠다고 선택하지도 않은 신념 체계를 바탕으로 이루어진 것이다. 그런데 이 신념들이 워낙 뿌리 깊게 자리 잡은 나머지, 오랜 세월이 흐른 뒤 우리가 새로운 개념을 알게 되어 나름대로 결정을 하려고 할 때조차도 여전히 이 신념들에 의해 좌우되는 경우가 많다.

우리는 법전에 어긋나는 짓을 할 때마다 찜찜한 느낌 때문에 뒷골이 당기는데, 이것이 바로 두려움이다. 법전의 규칙을 위반하는 행위는 우리 감정의 상처를 들추어내고, 그에 대한 반응으로 우리는 감정의 독을 만들어낸다. 우리는 법전의 내용은 전부 다 진리임에 틀림없다고 믿는다. 따라서 우리가 믿는 것에 도전하는 것은 무엇이든 다 우리 마음을 불안하게 한다. 설령 법전이 틀렸다 해도 차라리 그것을 따르는 것이 마음이 편하다.

우리 자신의 신념에 저항하기 위해 엄청난 용기가 필요한 이유가 바로 이것이다. 스스로 선택한 신념은 아니지만 그래도 우리가 그 모든 것에 동의한 것은 엄연한 사실이기 때문이다. 얼마나 철석같이 동의했던지 우리는 어떤 신념이 잘못되었다는 걸 알게 된 경우에도 그것에 어긋나는 행동을 할 경우 죄책감과 죄의식, 수치심을 느낀다.

사회의 꿈을 다스리기 위해 정부가 법전을 두고 있는 것과 마찬가지로, 개인의 꿈을 지배하는 법전이 바로 우리 자신의 신념 체계이다. 이 모든 법이 우리 마음속에 존재하는 가운데, 우리는 그것을 믿고 판관은 이 규칙을 기준으로 모든 것을 심판한다. 판관이 판결을 내리면 희생자는 죄의식과 형벌로 고통을 겪는다. 하지만 과연 이런 것을 정의롭다고 할 수 있을까? 참된 정의란 한 번의 잘못에 대해 한 번만 대가를 치르게 하는 것이다. 한 번의 잘못에 두 번 이상 대가를 치르게 하는 것은 말도 안 되는 부당한 일이다.

그렇다면 우리는 한 번의 잘못에 대해 얼마나 많은 대가를 치를까? 아마도 수천 번이라고 해야 옳을 것이다. 지구상에서 같은 잘못에 대해 수천 번씩이나 대가를 치르는 동물은 인간밖에 없다. 다른 동물들은 자신이 저지른 잘못에 대해 한 번씩만 대가를 치른다. 하지만 사람은 그렇지 않다. 지나칠 정도로 기억력이 좋은 탓이다. 우리는 잘못을 저지른 뒤 그런 자신을 심판한다. 그 결과 자신이 유죄임을 깨닫고 스스로 벌을 준다. 만일 정의라는 게 존재한다면 한 번 그러는 것으로 충분하지, 그 짓을 다시 되풀이할 필요는 없다. 그런데 우리는 잘못이 떠오를 때마다 다시 자신을 심판하고, 자신의 유죄를 인정하면서 자신에게 벌을 준다. 그런 과정이 수없이 되풀이된다. 만일 배우자가 있을 경우, 그들 역시 우리의 잘못을 상기시키는 바람에 우리는 또다시 자신을 심판하고 유죄를 인정하고 자신에게 벌을 준다. 과연 이것이 공정한 일일까?

우리는 배우자나 자녀, 또는 부모에게 한 가지 잘못에 대해 과연 몇 번이나 대가를 치르게 하는가? 그들의 잘못이 떠오를 때마다 우리는 새삼스럽게 그들을 비난하면서 그들의 부당한 행위에 대해 느꼈던 모든 감정의 독을 또다시 그들에게 퍼붓는다. 그러면서 그들에게 같은 죄에 대해 다시 한 번 대가를 치르게 한다. 과연 이것이 정의일까? 물론 말도 안 되는 소리다. 신념 체계, 곧 법전이 잘못되었기 때문에 마음속의 판관도 옳지 못한 것이다. 우리의 모든 꿈은 잘못된 법에 근거하고 있다. 우리 마음속에 축적된 믿음의 95퍼센트는 순전히 거짓말에 불과하다. 그런데 이 모든 거짓말을 믿느라고 우리는 고통 속에서 허우적댄다.

지구의 꿈속에서는 인간이 고통을 겪고 두려움 속에서 살며 감정을 자극하는 극적인 사건들을 일으키는 것이 지극히 정상적이다. 외부의 꿈은 즐거운 꿈이 아니다. 그것은 폭력과 두려움에 대한 꿈이고, 전쟁과 불의에 대한 꿈이다. 물론 개개인의 꿈은 조금씩 다르겠지만 그래도 전 세계적으로 보면 대체로 악몽이라고 할 수 있다. 인간 사회는 두려움의 지배를 받기 때문에 살아가기가 매우 어려운 곳이다. 이 세상 어디를 가든 고통, 분노, 복수, 중독, 노상 폭력, 기타 엄청난 불의 따위가 존재하지 않는 곳이 없다. 각 나라가 처한 상황에 따라 서로 수준과 정도는 다를지 몰라도 두려움이 외부의 꿈을 지배하는 것만큼은 엄연한 사실이다.

만일 인간 사회의 꿈을 종교에서 설파하는 지옥과 비교한다면, 그 둘이 완전히 똑같다는 것을 발견할 수 있다. 여러 종교에서 가르치기를, 지옥은 형벌과 두려움과 아픔과 고통의 장소로서 불길이 사람들을 태우는 곳이라고 한다. 불은 두려움에서 비롯된 여러 감정으로부터 발생한다. 따라서 분노, 질투, 시기, 혹은 증오의 감정을 느낄 때마다 사람들은 속에서 열불이 나는 경험을 하게 된다. 지옥의 꿈속에서 살고 있다는 말이다.

만일 지옥을 마음의 상태라고 본다면, 지옥은 우리 주변에 사방으로 널려 있다. 어떤 이들은 우리가 해야 할 일을 하지 않으면 지옥에 가게 된다고 경고한다. 이런 흉보가 있나! 그런데 그런 경고를 한 사람을 비롯해 우리 모두는 이미 지옥에서 살고 있다. 따라서 어느 누구도 다른 사람에게 지옥행을 선고할 수는 없다. 다들 진작부터 지옥에 있기 때문이다. 물론 누군가 우리를 좀 더 깊숙한 나락으로 밀어 넣을 수는 있다. 하지만 그것은 우리가 그러도록 허락할 경우에만 가능한 일이다.

사람은 누구나 저마다 꿈을 가지고 있는데, 사회의 꿈과 마찬가지로 그것도 흔히 두려움의 지배를 받는다. 우리는 우리 자신의 삶에서, 우리 자신의 꿈속에서 지옥을 꿈꾸는 것을 배운다. 물론 그 두려움은 개인에 따라 서로 다른 양상을 띠지만, 분노, 질투, 증오, 시기 및 다른 부정적 감정들은 공통으로 경험하게 된다. 또한 우리 개인의 꿈은 두려움 속에서 고통스럽게 살아가는 진행 중인 악몽이 될 수도 있다. 그렇다고 우리가 굳이 악몽을 꾸며 살 필요는 없다. 대신 얼마든지 즐거운 꿈을 꾸며 사는 일이 가능하다.

사람들은 모두 진리와 정의, 아름다움을 찾고 있다. 우리가 끊임없이 진리를 찾아 헤매는 이유는 우리가 마음속에 축적한 거짓말만 믿기 때문이다. 또 우리가 지닌 신념 체계에는 정의가 없기 때문에 우리는 정의를 찾아 헤맨다. 마지막으로 우리가 아름다움을 찾아 헤매는 이유는, 어떤 사람이 아무리 아름다워도 그가 아름답다는 사실을 도통 믿으려 하지 않는 우리 자신 때문이다. 이미 우리 안에 모든 것이 다 있는데도 우리는 끊임없이 그것들을 찾아 헤맨다. 더 이상 찾아야 할 진리 같은 건 없다. 고개만 돌리면 사방에 널려 있는 게 진리다. 그런데도 우리 마음속에 축적된 약속과 신념들 때문에 그와 같은 진리가 우리 눈에 보이지 않는 것이다.

우리가 진리를 보지 못하는 이유는 눈이 멀었기 때문이다. 우리 마음속에 축적된 그릇된 신념들이 우리 눈을 멀게 한 것이다. 사람들에게는 나만 옳고 다른 사람은 틀리게 만들고 싶은 욕구가 있다. 우리는 우리가 믿는 것을 신뢰하는데, 알고 보면 우리 자신의 믿음이 우리를 고통으로 이끄는 원흉이다. 마치 우리가 한 치 앞도 내다볼 수 없을 만큼 자욱한 안개 한복판에 살고 있는 것과 흡사하다 하겠다. 그나마 그 안개는 실재하지도 않는다. 꿈에 불과한 것이다. 다들 저마다 삶에 대해 품고 있는 꿈 말이다. 다시 말해, 사람들이 믿는 것, 자신이 어떤 존재인가에 대한 생각, 다른 사람들, 자기 자신, 나아가 신과 합의한 모든 약속이 바로 그것이다.

우리 마음은 온통 안개로 가득 차 있는데 톨텍 인디언들은 이것을 '미토테mitote'라고 부른다. 우리 마음은 수많은 사람들이 한꺼번에 떠들고 있지만 누구 하나 상대방이 하는 소리를 이해하지 못하는 꿈속과 같다. 이와 같이 심각한 '미토테'가 바로 인간의 마음 상태인데, 이런 '미토테' 속에서는 아무도 자신의 진정한 모습을 제대로 볼 수가 없다. 인도에서는 '미토테'를 '마야maya'라고 부르는데, 환영幻影이라는 뜻이다. 그것은 '나라는 존재'에 대해 저마다 나름대로 지니고 있는 개념이다. 자기 자신과 세상에 대해 우리가 믿는 모든 것, 우리가 알고 있는 모든 개념과 마음속에 입력된 모든 사항은 '미토테'이다. 우리는 우리가 본래 누구인지 알지 못하며, 우리가 자유롭지 못하다는 것도 모르고 산다.

이것이 바로 인간이 삶에 저항하는 이유다. 인간이 가장 두려워하는 것은 살아 있다는 것이다. 흔히들 죽음이라고 생각하기 쉬우나 사실은 그렇지 않다. 우리의 가장 큰 두려움은 위험을 무릅쓰고 살아 있어야 하는 것으로, 살아서 자신의 참모습을 표현하는 것이다. 자기 자신으로 존재하는 것이야말로 인간이 가장 두려워하는 것이다. 우리는 다른 사람들의 비위를 맞추기 위해 노력하면서 살아야 한다고 배웠다. 또 다른 사람들의 입장으로 살아야 한다고도 배웠다. 그래야 남들로부터 인정받지 못하는 건 아닐까, 자신이 누군가에게 좋은 사람이 아닌 건 아닐까 하는 두려움에서 벗어날 수 있기 때문이다.

길들여지는 과정에서 우리는 바람직한 사람이 되려고 노력하기 위해 이상적인 이미지를 설정해놓는다. 모든 사람으로부터 인정받기 위해 자신이 어떤 사람이어야 하는지에 대한 이상형을 만들어놓는 것이다. 특히 부모, 형제, 자매, 사제, 교사 등 우리를 사랑하는 사람들을 만족시키려고 애를 쓴다. 우리는 그들에게 좋은 사람이 되려고 몸부림을 치면서 완벽하게 이상적인 이미지를 설정하지만 안타깝게도 이에 부합하는 존재는 되지 못한다. 왜냐하면 우리가 설정한 이상형은 말 그대로 이상형일 뿐 실재하는 것이 아니기 때문이다. 따라서 우리는 죽어도 이 기준에 완벽하게 부합할 수 없을 것이다. 절대로!

우리는 완벽하지 못하다는 이유로 자기 자신을 거부한다. 그리고 자신을 거부하는 정도는 기성세대가 우리의 온전한 모습을 얼마나 효과적으로 망가뜨렸느냐에 따라 달라진다. 또 일단 길들여진 후에는 우리가 다른 사람들에게 좋은 사람이 되느냐 마느냐는 더 이상 문제되지 않는다. 대신 스스로 설정한 완벽한 이상형에 부합하지 않기 때문에 자신을 바람직한 사람으로 인정하지 못한다. 사람들은 자신이 바라는 존재, 아니 그래야 한다고 믿는 존재가 될 수 없기에 스스로를 용납하지 못한다. 완벽하지 못하기 때문에 자기 자신을 용서할 수 없는 것이다.

우리는 자신의 기대에 부응하는 존재가 못 된다는 사실을 알게 되면서 무언가 잘못됐다는 느낌과 함께 좌절하고 실망한다.

그 결과 자기 자신을 숨기고, 자신이 아닌 다른 사람인 양 행동한다. 또 자신을 가짜라고 느끼면서 남들이 이런 사실을 알아채지 못하도록 사회적 가면을 쓴다. 그러고는 자신이 남들에게 보이는 모습과는 전혀 딴판이라는 사실을 누군가 알아차릴까 봐 몹시 전전긍긍한다. 우리는 남들을 판단할 때에도 우리가 세워놓은 완벽한 이상형을 기준으로 삼는다. 그러니 그들이 기대에 미치지 못하는 건 너무나 당연한 일이다.

우리는 남들의 비위를 맞추기 위해 자기 자신을 모욕한다. 심지어 다른 사람에게 인정받으려고 자신의 신체를 훼손하기도 한다. 십대들이 또래에게 따돌림 당하지 않으려고 마약을 하는 경우가 그 한 예라 하겠다. 그들은 스스로를 인정하지 않는 게 문제라는 것을 모른다. 그러면서 진짜 자신이 가짜로 행세하는 자신과 다르다는 이유로 스스로를 거부한다. 그들은 폼나는 존재가 되고 싶지만 현실이 그렇지 못하다 보니 수치심과 죄의식을 지니게 된다. 또 자신이 자신의 기대에 부응하는 존재가 못 된다는 이유로 끊임없이 스스로에게 벌을 내린다. 게다가 자학하는 것만으로도 부족해 다른 사람들까지 끌어들여

자신을 학대한다.

하지만 아무도 자기 자신만큼 자신을 학대하지는 못한다. 우리를 이렇게 만드는 것은 판관, 희생자, 신념 체계 들이다. 물론 남편이나 아내, 또는 부모로부터 학대받는 사람들이 있는 것도 사실이다. 하지만 그것은 우리가 자신을 학대하는 것에 비하면 새 발의 피다. 우리는 전례 없이 끔찍한 방법으로 스스로를 심판한다. 사람들 앞에서 잘못을 저지를 경우, 우리는 그것을 부인하고 감추려고 애를 쓴다. 그러다가 혼자가 되는 순간, 판관이 막강한 힘을 발휘하고 죄의식이 극심해지면서 우리는 자신을 몹시 어리석고 형편없고 가치 없는 인간이라고 매도한다.

이제까지 살아오면서 우리 자신보다 더 심하게 우리를 학대한 사람은 아무도 없다. 우리가 어느 정도까지 자신을 학대할 수 있느냐 하는 한계점은 우리가 남들로부터 당하는 학대를 어느 정도까지 참을 수 있느냐와 정확히 일치한다. 만일 어떤 사람이 당신보다 당신을 좀 더 심하게 학대한다면 당신은 아마 그 사람으로부터 뒷걸음질할 것이다. 반면 당신보다 당신을 덜 학대하는 사람을 만날 경우, 당신은 그 사람과의 관계를 유지하면서 언제까지고 그의 학대를 참아줄 것이다.

자기 자신을 모질게 학대하는 사람은 남들이 자신을 때리고 모욕하고 쓰레기처럼 취급해도 다 참을 수 있다. 어떻게 그럴 수 있느냐고? 우리 자신의 신념 체계가 이렇게 말하기 때문이다. "나는 그런 대접을 받아도 싸. 이 사람이 나랑 같이 있어주는 것만으로도 황송한걸. 나는 사랑받고 존중받을 가치도 없어. 난 좋은 사람이 아니거든."

우리는 다른 사람들에게 인정받고 사랑받고 싶다는 욕구를 가지고 있으나 정작 자기 자신은 인정도 사랑도 하지 못한다. 우리가 자신을 좀 더 사랑하면 사랑할수록 자신을 학대하는 일은 점점 줄어들 것이다. 자기 학대는 자기 거부에서 비롯되고, 자기 거부는 완벽한 이상형을 설정해놓았으나 자신이 결코 거기에 미치지 못하는 데에서 비롯된다. 자신이 만들어놓은 완벽한 이상형 때문에 사람들이 자기 자신을 거부하는 것이다. 이 이상형이야말로 사람들이 자기 자신은 물론 남들 또한 있는 그대로 받아들이지 못하는 원흉이라고 하겠다.

새로운 꿈을 향한 전주곡

우리는 자기 자신을 비롯해 다른 사람들, 자신의 삶의 꿈, 신, 사회, 부모, 배우자, 자식들과 수많은 약속을 하면서 살아왔다. 물론 그중 가장 중요한 약속은 자기 자신과 한 약속이다. 이 약속을 하는 과정에서 우리는 우리가 누구인지, 무엇을 느끼고 무엇을 믿을지, 어떻게 처신해야 할지에 대해 다시 한 번 확인하게 된다. 그 결과가 바로 우리 자신의 특성이고 개성이다. 우리는 말한다. "이게 바로 나라는 사람이야. 이게 내가 믿는 거고. 나는 이런 일은 할 수 있지만 저런 일은 할 수 없어. 이건 현실이고 저건 환상이지. 이건 가능한 일이지만 저건 불가능한 일이야."

약속이 하나밖에 없다면 그리 큰 문제가 아니겠지만 유감스럽게도 우리에게는 자신을 고통스럽게 하고 인생의 낙오자로 만드는 약속이 너무 많다. 만일 즐겁고 만족스러운 삶을 살고 싶다면, 두려움에 의거한 그와 같은 약속들을 깨뜨리고 자신의 힘을 주장할 수 있는 용기를 발휘해야 한다. 두려움에서 비롯된 약속은 엄청난 에너지 소모를 요한다. 반면 사랑에서 비롯된 약속은 에너지를 보존해줄 뿐 아니라 새로운 에너지가 생성되도록 도와주기까지 한다.

사람은 저마다 일정한 양의 에너지를 가지고 태어나는데, 매일 적당히 휴식을 취하고 나면 원상 복구되는 힘이다. 그런데 유감스럽게도 우리는 자신을 옥죄는 수많은 약속을 만들어내고 지키느라고 이 에너지의 대부분을 탕진해버린다. 그 결과 우리는 거의 기진맥진하여 간신히 그날그날 버틸 수 있을 정도의 힘밖에 남지 않는다. 그러니 가장 하찮은 약속조차 바꿀 힘이 없는 우리가 하물며 우리 삶의 총체적인 꿈을 어떻게 변화시킬 수 있겠는가?

우리 삶을 지배하는 것이 수많은 약속이고, 우리가 자신의 삶의 꿈을 좋아하지 않는다는 것을 알았다면 이제 그 약속을 바꿀 필요가 있다. 그리고 마침내 우리가 기존의 약속들을 바꿀 준비가 되었다면, 그 약속들을 깨뜨리도록 도와줄 아주 막강한 약속이 기다리고 있다. 이것은 두려움에 바탕을 둔 채 우리 에너지를 소진시키는 약속들과는 차원이 다른 약속이다.

우리가 기존의 약속을 하나씩 깨뜨릴 때마다 그것을 만들어내기 위해 소모되었던 모든 힘이 다시 우리에게 돌아온다. 만일 우리가 이 네 가지 새로운 약속을 선택한다면, 우리는 기존 약속의 총체적 체계를 뒤바꿀 수 있는 막강한 힘을 얻을 수 있을 것이다.

네 가지 약속을 받아들이기 위해서는 철석같은 의지가 필요하다. 하지만 이 약속들과 더불어 새로운 삶을 시작할 수 있다면 우리의 삶은 놀라운 변화를 일으킬 것이다. 바로 우리 눈앞에서 지옥 같은 삶이 사라지는 걸 보게 될 테니까. 이제 우리는 지옥의 꿈 대신, 자기 자신을 위한 천국의 꿈이라는 새로운 꿈을 만들어내게 될 것이다.

첫 번째 약속

말로 죄를 짓지 마라

첫 번째 약속은 가장 중요하면서도 가장 지키기 어려운 약속이다. 이 첫 번째 약속을 지키는 것만으로도 내가 지상 천국이라고 부르는 경지에 도달할 수 있을 만큼 매우 중요한 약속이다.

첫 번째 약속은 '말로 죄를 짓지 마라'이다. 아주 간단한 것처럼 들리지만 그 효과는 대단히 엄청나다.

왜 하필 말인가? 말은 우리가 창조해야 할 힘이요, 신이 직접 주시는 선물이다. 신약성경 《요한복음》에도 천지창조에 대해 다음과 같이 나와 있다. "태초에 말씀이 계시니라. 이 말씀이 하느님과 함께 계셨으니 이 말씀은 곧 하느님이시니라." 우리는 말을 통해 자신의 창조적인 힘을 표현한다. 뿐만 아니라 우리가 모든 것을 분명하게 드러내는 것 또한 말을 통해서다. 우리가 어떤 언어를 사용하든 간에 우리의 의도는 말을 통해 구체적으로 드러난다. 우리가 무슨 꿈을 꾸고 무엇을 느끼는지, 우리가 진짜 어떤 사람인지는 모두 말을 통해 드러난다.

말이란 단순히 음성이나 문자 기호가 아니다. 말은 힘이다. 자신을 표현하고 다른 사람들과 소통하고 생각하기 위해, 이를 통해 우리 인생의 중요한 사건들을 이루기 위해 우리가 가진 힘이다. 오로지 인간만이 말을 할 수 있다. 이 지구상에서 인간 말고 다른 어떤 동물이 말을 할 수 있는가? 말은 인간이 지닌 가장 강력한 마술 도구다. 하지만 양날의 칼처럼 우리가 하는 말은 더할 나위 없이 아름다운 꿈을 만들 수도 있지만, 우리 주변의 모든 것을 파괴할 수도 있다. 한쪽 날은 말을 잘못 사용하는 경우로 그 결과는 생지옥이다. 다른 쪽 날은 말을 아름답게 사용함으로써 행복과 사랑과 지상 천국을 가져오게 하는 경우

다. 말을 어떻게 사용하느냐에 따라 말은 우리를 자유롭게 해 줄 수도 있고, 우리가 아는 것보다 더 심각하게 우리를 구속할 수도 있다. 우리가 행하는 모든 마술은 우리가 하는 말에 의거한다. 그러므로 말은 즐겁고 신나는 마술이기도 하지만, 잘못 사용할 경우 사악한 마술이 된다.

말의 위력이 얼마나 대단한지, 말 한마디로 누군가의 인생을 바꿀 수도 있고, 수백만 명의 생명을 앗아갈 수도 있다. 수십 년 전 독일의 한 남자가 말을 교묘하게 이용해 가장 지성적인 사람들로 구성된 나라 전체를 조종한 적이 있다. 그는 오로지 말의 힘만으로 독일 국민을 제2차 세계대전 속으로 끌어들였고, 국민을 설득해 가장 극악무도한 폭력 행위를 저지르게 했다. 그가 말로써 사람들의 공포심을 유발하자, 사람들이 서로 두려워한 나머지 대폭발처럼 전 세계적으로 살육과 전쟁이 일어났다. 두려움에서 비롯된 믿음과 약속에 바탕을 둔 히틀러의 말은 앞으로도 오래오래 기억될 것이다.

인간의 마음은 끊임없이 씨앗이 뿌려지고 있는 비옥한 땅과 같다. 의견, 생각, 개념 등이 씨앗에 해당하는데, 일단 마음속에 씨앗이 뿌려지면 그것은 자라기 시작한다. 말은 씨앗과 같은데 인간의 마음은 또 얼마나 비옥한지! 유일한 문제라면 사람들의 마음속에서 두려움이라는 씨앗이 무럭무럭 잘 크는 경우가 흔하다는 것이다. 모든 사람의 마음은 비옥하지만, 단 잘 키울 준비가 된 씨앗들에 대해서만 그러하다. 따라서 우리 마음이 어떤 씨앗을 잘 키울 수 있는지 파악하는 한편, 사랑의 씨앗을 받아들이도록 마음을 준비시키는 것이 중요하다.

히틀러의 예를 들어보자. 그가 사방팔방에 두려움의 씨앗을 뿌리자 그것들은 아주 신나게 쑥쑥 자라서 상상을 초월하는 대량 파괴를 가져오고 말았다. 이제 가공할 만한 말의 위력을 안 이상 우리는 입에서 어떤 힘이 나오는지 깨달아야 한다. 마음속에 뿌려진 두려움이나 의심의 씨앗 하나가 불행한 사건을 무수히 불러일으킬 수 있다. 말 한마디가 곧 주문과 같은 것인데, 사람들은 경솔하게 서로 주문을 걸면서 사악한 마술사처럼 말을 사용한다.

모든 인간은 다 마술사다. 그러므로 우리는 말로써 어떤 사람에게 주문을 걸 수도 있고, 걸린 주문을 풀 수도 있다. 사람들은 언제나 자신의 의견으로 주문을 건다. 예를 들어 친구를 만났을 때, 그 순간 마음속에 떠오른 생각을 그에게 말한다고 하자. "흐음! 안색이 왜 그래? 꼭 암에 걸릴 듯한 얼굴이네." 만일 그 친구가 이 말을 흘려듣지 않고 마음에 간직한다면, 그는 정말 일 년도 못 되어 암에 걸릴 것이다. 이것이 바로 말의 힘이다.

우리가 길들여지는 동안 부모나 형제들은 무심코 우리에 대한 그들의 의견을 말했다. 그리고 우리는 그들의 의견을 곧이곧대로 믿으면서 자신이 수영이나 운동, 또는 글쓰기에 소질이 없다는 두려움을 안고 살아왔다. 누군가 자기 생각을 이렇게 말한다고 하자. "이런, 애가 지지리도 못생겼네!" 그 말을 들은 소녀는 자신이 못생겼다고 믿고 그 생각을 간직한 채 성장하게 된다. 설령 그 소녀가 아무리 예쁘더라도 그건 중요하지 않다. 소녀가 그 말을 한 사람의 생각에 동의하는 한, 그녀는 자신이 못생겼다고 믿을 것이다. 이것이 바로 소녀에게 걸린 주문이다.

말은 일단 우리의 주의를 끈 다음 우리 마음에 들어와 기존의 모든 신념을 좀 더 좋은 쪽이나 나쁜 쪽으로 바꿀 수 있다. 예를 하나 더 들어보자. 당신은 아주 오래전부터 자신이 어리석다고 믿어왔을 수도 있다. 이 믿음은 아주 교활한 구석이 있어서 당신에게 많은 일을 시키는데, 그 일이라는 게 하나같이 자신의 어리석음을 스스로에게 확인시키는 멍청한 짓들이다. 당신은 어떤 일을 저지르고 나서 혼자 중얼거릴지도 모른다. "나도 좀 똑똑하면 얼마나 좋을까. 나는 멍청한 게 틀림없어. 그러지 않았다면 이런 짓도 안 했겠지." 사람의 마음은 천 갈래 만 갈래 생각으로 빠져들 수 있다. 그런데 하필이면 자신이 멍청하다는 그 한 가지 믿음에 끌려 허송세월하는 사람들이 있다.

그러던 어느 날, 누군가 당신의 주의를 끈 다음 당신이 어리석지 않다는 사실을 말해준다. 당신은 그 사람의 말을 믿고 새로운 약속을 한다. 그 결과 당신은 더 이상 자신이 어리석다고 느끼지 않고 어리석은 행동도 하지 않는다. 오로지 말의 힘에 의해 총체적인 마법이 깨진 것이다. 이와는 반대로 자신이 어리석다고 믿고 있는 당신에게 누군가 "나 참, 보다보다 너처럼 멍청한 아이는 처음이다"라는 말을 했다고 하자. 이 말을 들은 당신은 자신이 어리석다고 더욱 굳게 믿을 것이다.

이제 '완전무결impeccability'이라는 명사의 뜻이 무엇인지 알아보자. '완전무결'이란 '죄가 없음'이라는 뜻이다. '완전무결한impeccable'이라는 형용사는 라틴어 'pecatus'에서 온 말로, pecatus는 '죄'라는 뜻이다. 그리고 'im'은 '없다without'라는 뜻이므로 결국 '완전무결하다'라는 단어는 '죄가 없다'라는 뜻을 지닌다. 여러 종교에서 죄와 죄인에 대해 이야기하지만, 여기서는 죄를 짓는다는 것의 참뜻이 무엇인지 알아보자. 죄란 사람들이 자기 자신을 거스르면서 행하는 모든 행위다. 자기 자신에게 불리한 쪽으로 느끼거나 믿거나 말하는 것은 무엇이든 다 죄다. 어떤 일로든 자신을 심판하고 비난하는 것은 바로 자신을 거스르는 행동이다. 그러므로 죄가 없다는 것은 이와 정반대의 행동을 가리키며, 완전무결하다는 것은 자신을 거스르지 않는다는 뜻이다. 우리가 완전무결할 경우, 우리는 자신의 행동에 책임은 지지만 자신을 심판하거나 비난하지는 않는다.

이런 관점에서 보면, 죄에 대한 모든 개념이 도덕적이고 종교적인 차원에서 상식적인 성격으로 바뀌게 된다. 죄는 자신을 거부하는 데서 비롯된다. 자기 거부는 인간이 범하는 죄 가운데 가장 무거운 죄다. 종교적인 의미에서 자기 거부는 사람을 죽음으로 이끄는 '대죄大罪'다. 이와는 달리 완전무결은 우리를 삶으로 인도한다.

말로 죄를 짓지 않는다는 것은 자신을 거스르는 말을 사용하지 않는다는 뜻이다. 만일 내가 거리에서 당신을 보고 어리석다고 말한다면, 당신을 거스르는 말을 사용하는 것처럼 보인다. 하지만 사실 이 말은 나 자신을 거스르는 말이다. 왜냐하면 당신은 내 말을 듣고 나를 미워하게 될 텐데, 그런 당신의 미움이 내게 좋을 리가 없기 때문이다. 따라서 내가 화가 나서 당신에게 상처를 주는 말을 퍼붓는 것은 결국 나 자신에게 해로운 말을 사용하는 것이나 마찬가지다.

만일 내가 나 자신을 사랑한다면, 나는 당신과 교류하는 가운데 그 사랑을 표현할 테고 그러면 말로 죄를 짓지 않게 될 것이다. 이러한 나의 행동은 당신에게서도 비슷한 반응을 불러일으킬 테니까. 내가 당신을 사랑하면 당신도 나를 사랑할 것이다. 마찬가지로 내가 당신을 모욕하면 당신도 나를 모욕할 것이고, 내가 당신에게 감사하면 당신도 내게 감사할 것이다. 내가 당신에게 이기적으로 굴면 당신도 내게 이기적으로 나올 것이고, 내가 당신에게 주문을 걸기 위해 말을 사용하면 당신 또한 내게 그렇게 할 것이다.

말로 죄를 짓지 않는다는 것은 자신의 에너지를 올바르게 사용한다는 뜻이다. 진리와 자신에 대한 사랑을 위해 에너지를 사용한다는 말이다. 만일 당신이 말로 죄를 짓지 않겠노라고 자신과 약속한다면, 그 의지만으로도 당신을 통해 진리가 환하게 드러나면서 당신 안에 있는 모든 감정의 독을 깨끗이 씻어줄 것이다. 그런데 우리는 그동안 줄곧 이와는 정반대로 행동하라고 배웠기 때문에 이 약속을 하기가 무척 어렵다. 그동안 우리는 다른 사람들과, 더 중요하게는 자기 자신과 소통하는 습관으로 거짓말을 하도록 배워왔다. 말하자면 말로 죄를 짓고 있는 것이다.

지옥에서는 말의 힘이 철저하게 악용되고 있다. 사람들은 저

주하고 비난하고 트집 잡고 파괴하기 위해 말을 사용한다. 물론 올바르게 사용하기도 하지만 그런 경우는 그리 흔하지 않다. 대개는 개인의 독을 퍼트리기 위해, 즉 분노, 질투, 시기, 증오 등을 표출하기 위해 말을 사용한다. 말은 즐거운 마술로, 우리가 인간으로서 누리는 가장 소중한 선물인데도 우리는 자신에게 해롭게 사용한다. 우리는 복수를 계획하며, 말로써 혼돈을 불러일으킨다. 또 서로 다른 인종, 민족, 국가와 가정 간에 미움을 불러일으키기 위해 말을 사용한다. 이렇게 시도 때도 없이 말을 악용하는 행위가 지옥의 꿈을 만들어내고 그것을 영원히 지속시킨다. 말을 악용하는 것이야말로 서로를 공포와 의심의 상태로 끌어내려서 끊임없이 고통을 겪게 하는 지름길이다. 말은 인간이 지닌 마술이요, 말을 악용하는 것은 사악한 마술이기 때문이다. 우리는 말이 마술인지 꿈에도 모른 채 줄곧 사악한 마술을 부리며 산다.

예를 들어 매우 총명하고 심성도 훌륭한 여자가 있다고 하자. 그녀에게는 눈에 넣어도 아프지 않을 만큼 애지중지하는 딸이 하나 있다. 그런데 어느 날 저녁, 직장에서 몹시 고달픈 하루를 보내고 퇴근한 그녀는 몹시 피곤하여 신경이 곤두서 있었을 뿐 아니라 머리까지 지끈지끈 아팠다. 그녀는 조용하고 차분하게 쉬고 싶었지만 딸이 노래를 부르며 신나게 뛰어다녔다. 딸은 엄마의 기분이 어떤지 전혀 모른 채 오로지 자기 세계에, 자기 꿈에 빠져 있었다. 딸은 너무나 행복한 나머지 계속 뛰어다니면서 점점 더 큰 소리로 노래를 부르며 자신의 기쁨과 사랑을 표현했다. 딸이 하도 크게 노래를 부르는 바람에 엄마의 두통은 점점 더 심해졌고, 마침내 어느 순간에 이르자 폭발하고 말았다. 엄마는 잔뜩 화가 난 얼굴로 사랑스러운 어린 딸을 노려보며 소리를 질렀다. "입 닥쳐! 돼지 멱따는 소리 좀 그만두지 못해!"

사실 그때 엄마는 딸의 목소리가 형편없었기 때문에 소리를 지른 게 아니라, 어떤 소리도 참아줄 기분이 아니었던 것이다. 하지만 그 순간 딸은 엄마의 말을 믿었고, 그 말에 동의했다. 그 후로 딸은 더 이상 노래를 부르지 않았다. 자기 목소리가 형편없어서 듣는 사람을 짜증나게 할 거라고 믿었기 때문이다. 또 학교에서도 내성적인 아이가 되어 누가 노래를 시키면 거절

했다. 심지어 다른 사람에게 말하는 것조차 힘들어했다. 엄마가 홧김에 무심코 던진 말을 믿어버린 바람에 어린 소녀의 삶이 완전히 바뀐 것이다. 소녀는 다른 사람에게 인정받고 사랑받기 위해서는 자신의 감정을 억제해야 한다고 굳게 믿었다.

우리가 다른 사람의 의견을 듣고 믿는다는 것은 거기에 동의한다는 약속이고, 그러면 그 약속은 우리 신념 체계의 일부가 된다. 이 소녀는 어른이 되어서도 아름다운 목소리를 지녔지만 다시는 노래를 부르지 않았다. 그녀는 주문 한마디 때문에 엄청난 열등감을 키우게 되었다. 그것도 그녀를 가장 사랑하는 엄마가 건 주문 때문에……. 엄마는 자신이 말로 무슨 짓을 저질렀는지 전혀 알지 못했다. 자신이 사악한 마술을 부려 자기 딸에게 주문을 걸었다는 사실도 알아차리지 못했다. 엄마는 자신이 한 말의 위력을 몰랐으므로 엄마를 비난할 수는 없다. 엄마 역시 자신의 어머니와 아버지, 혹은 주변 사람들이 그녀에게 했던 대로 했을 뿐이다. 다들 말을 잘못 사용한 것이다.

그렇다면 사람들은 이런 잘못을 자기 자녀들에게 얼마나 많이 저지르고 있을까? 부모가 자녀들에게 이런 식의 의견을 피력하면 자녀들은 오랫동안 사악한 마술에 걸린 채 살게 된다. 사실은 자식들을 가장 사랑하는 부모가 자신도 모르는 사이에 자식들에게 사악한 마술을 걸어놓은 것이다. 바로 이런 이유 때문에 자식들은 부모를 용서해야 한다. 그들은 자신이 한 짓을 모른다.

또 다른 예로 당신이 아침에 무척 행복한 기분으로 잠에서 깼다고 하자. 당신은 날아갈 듯 기분이 좋고, 근사하게 멋을 내느라 거울 앞에서 한참 동안 시간을 보낸다. 그런데 당신의 가장 친한 여자 친구가 이렇게 말한다면 어떨까? "도대체 무슨 일이야? 꼴이 말이 아니네. 지금 입고 있는 옷 좀 봐. 정말 우스꽝스러워." 그렇다. 이 말이면 당신을 지옥으로 떨어뜨리기에 충분하다. 어쩌면 그 여자 친구는 당신에게 상처를 줄 목적으로 이렇게 말했는지도 모른다. 그렇다면 그녀는 성공한 것이다. 그녀는 말 뒤에 숨어 있는 말의 힘을 이용해 당신에게 자신의 의견을 말했다. 만일 당신이 그 의견을 받아들이면 이제 그것은 당신이 동의한 약속이 되고, 당신은 그 의견에 모든 것을 의지하게 된다. 결국 그 의견은 사악한 마술이 되고 만다.

이런 유형의 주문은 풀기가 어렵다. 주문을 풀 수 있는 유일한 방법은 진실에 바탕을 둔 새로운 약속을 하는 것뿐이다. 진실은 말로 죄를 짓지 않는 데 가장 중요한 역할을 한다. 칼날의 한쪽은 사악한 마술을 낳는 거짓말이고, 반대쪽은 사악한 마술의 주문을 풀 수 있는 진실이다. 오로지 진실만이 사람들을 자유롭게 해줄 수 있다.

사람들이 날마다 서로 어울리는 모습을 보면서 과연 우리가 말로 서로에게 주문을 거는 일이 얼마나 많을지 상상해보라. 시간이 흐르면서 이와 같은 상호 교류는 사악한 마술의 가장 나쁜 형태가 되는데, 바로 '험담'이라고 불리는 것이다.

험담은 순전히 독으로만 똘똘 뭉친 것이기 때문에 사악한 마술의 가장 나쁜 형태라고 할 수 있다. 우리는 다른 사람의 말에 동의하는 과정을 통해 어떻게 험담을 하는지 배웠다. 어렸을 때, 우리는 주변 어른들이 다른 사람들에 대한 의견을 공공연하게 주고받으며 시도 때도 없이 험담을 늘어놓는 소리를 들었다. 심지어 자기들이 모르는 사람에 대해서도 의견이 분분했다. 이런 의견들을 따라 감정의 독이 옮겨졌는데, 우리는 이것이 정상적인 의사소통 방법인 줄 알았다.

그 결과 험담하기는 인간 사회의 가장 중요한 의사소통 형태가 되었다. 험담을 주고받으면서 사람들은 서로를 좀 더 친밀하게 느끼는데, 이는 상대방도 나처럼 기분이 언짢다는 걸 알면 내 기분이 나아지기 때문이다. '동병상련'이라는 옛말도 있듯이, 사람들은 저 혼자 지옥에서 고통을 겪고 싶어 하지 않는다. 두려움과 고통은 지구의 꿈을 구성하는 중요한 부분으로, 지구의 꿈은 바로 이 두 가지를 이용해 사람들을 억압한다.

인간의 마음을 컴퓨터에 비유한다면, 험담은 컴퓨터 바이러스에 해당한다. 컴퓨터 바이러스는 다른 컴퓨터 코드들과 똑같은 언어로 쓰인 컴퓨터 언어의 일부이지만, 프로그램에 피해를 입히려는 의도를 지니고 있다는 점에서 정상적인 것과는 다르다. 이 바이러스는 전혀 예상하지 못한 순간에 우리가 사용하는 컴퓨터 프로그램에 잠입하는데, 물론 우리는 거의 알아차리지 못한다. 하지만 일단 바이러스가 활동하기 시작하면 컴퓨터가 제대로 작동하지 않거나 완전히 먹통이 되어버린다. 바이러스로 인해 프로그램들이 서로 충돌하고 혼란을 일으키는 바람에 컴퓨터가 원하는 작업을 수행할 수 없기 때문이다.

사람들이 주고받는 험담도 이와 똑같은 식으로 작용한다. 예를 들어 당신이 새로운 선생님과 함께 새로운 수업을 시작하려 한다고 하자. 당신은 오랫동안 그 수업의 시작을 기다려왔다. 그런데 수업 첫날, 먼저 그 수업을 받은 학생을 우연히 만났는데 그가 이렇게 말한다면 어떨까? "어이구, 말도 마. 그 선생 순 잘난 척만 하는 얼간이야! 자기가 무슨 말을 하고 있는지도 모르더라니까. 게다가 변태야. 그러니 조심하라고!"

이 말과 이 말을 하는 순간의 그 사람의 감성 코드는 즉시 당신 마음속에 각인된다. 하지만 당신은 그 사람이 그 말을 하게 된 동기는 알지 못한다. 어쩌면 그는 그 과목에 낙제해서 화가 났을 수도 있고, 아니면 단지 두려움과 선입견 때문에 억측한 것일 수도 있다. 그런데 당신은 어린아이처럼 순진하게 정보를 받아들이도록 배워왔기 때문에 이미 어느 정도 그 험담을 믿고 수업에 들어가게 된다. 교사가 수업하는 동안 당신은 마음속에 독이 퍼지는 걸 느끼지만 자신이 그 험담을 들려준 사람의 눈으로 교사를 보고 있다는 사실은 의식하지 못한다. 게다가 당신이 같이 수업을 듣는 다른 사람들에게 그 험담을 퍼뜨리기 시작하면 그들 역시 당신과 같은 눈으로 교사를 바라보게 된다. 얼간이에 변태로……. 결국 당신은 정말로 그 수업이 싫어지고 얼마 지나지 않아 수강 취소를 결심하게 된다. 그러면서 당신은 교사를 비난하지만 정작 비난받아야 할 대상은 다름 아닌 험담이다.

하찮은 컴퓨터 바이러스 하나가 이처럼 모든 것을 엉망진창으로 만들 수 있다. 별것 아닌 잘못된 정보 하나가 그것을 전해 들은 사람들을 모조리 감염시키고 전염시키면서 사람들 사이의 의사소통을 망칠 수 있다. 누군가 당신에게 다른 사람의 험담을 늘어놓을 때마다 그가 당신 마음속에 컴퓨터 바이러스를 주입하는 것이라고 상상해보라. 물론 그럴 때마다 당신의 사고와 판단은 바이러스로 인해 점점 더 흐려질 것이다. 그리고 당신이 자신의 혼란 상태를 정리하고 바이러스로 인한 독을 해독하려고 노력하면서 이 바이러스를 다른 사람에게 퍼뜨린다고 상상해보라.

이제 온 세상 사람들 사이에서 이 과정이 끊임없이 되풀이된다고 상상해보라. 결국 이 세상은 독성 바이러스로 꽉 막힌 회로를 통해서만 정보를 얻을 수 있는 사람들로 득실거릴 것이다. 이 독성 바이러스가 바로 톨텍 인디언들이 말하는 '미토테'다. 온갖 다양한 목소리가 한꺼번에 시끄럽게 떠들어대느라 난장판을 이룬 마음속의 상태.

그런데 이보다 훨씬 더 골치 아픈 존재는 고의로 바이러스를 유포하는 사악한 마술사나 '컴퓨터 해커들'이다. 당신이나 당신 친지가 누군가에게 씩씩거리며 복수하고 싶어 하던 때를 돌이켜보라. 당신은 복수하기 위해 그 사람에게 악담을 퍼붓거나 그 사람에 대해 험담을 했다. 물론 감정의 독을 퍼뜨리고 그 사람이 스스로를 못마땅하게 여기기를 바랐기 때문이다. 어릴 때에는 사람들이 별 생각 없이 이렇게 하지만 점점 나이가 들수록 훨씬 더 계획적으로 다른 사람을 파멸시키려고 노력하게 된다. 그러면서 그 사람은 자신이 저지른 비행 때문에 벌을 받았을 뿐이라고 스스로에게 거짓말을 한다.

컴퓨터 바이러스를 통해 세상을 보면 몹시 잔인한 행동도 정당화하기가 쉽다. 하지만 말을 잘못 사용하면 우리가 더 깊은 나락으로 떨어진다는 사실은 깨닫지 못하는 경우가 많다.

오랫동안 우리는 다른 사람들의 입을 통해 나온 험담을 듣고 주문에 걸렸을 뿐 아니라, 우리 스스로에게도 말로 주문을 걸어왔다. 사람들은 끊임없이 혼자 중얼거리는데 대개는 이런 식이다. "아아, 나는 뚱뚱하고 얼굴도 못생겼어. 게다가 점점 늙어가면서 머리도 빠지고 있어. 나는 멍청해서 절대로 아무것도 이해하지 못해. 나는 결코 좋은 사람이 못 될 거야. 그러니 무슨 수로 완벽해질 수 있겠어." 우리가 어떻게 자기 자신에게 적대적인 말을 하는지 아는가? 우리는 먼저 말이 '무엇인지', 말이 '무슨 작용을 하는지' 알아야 한다. 만일 당신이 '말로 죄를 짓지 마라'라는 첫 번째 약속을 이해한다면, 당신은 당신 인생에서 일어날 수 있는 모든 변화를 보게 될 것이다. 변화는 당신이 자기 자신을 대하는 방식에서 가장 먼저 일어나고, 이어 다른 사람들, 특히 당신이 가장 사랑하는 사람들을 대하는 방식에서 일어난다.

당신 입장을 지지받기 위해서 당신이 가장 사랑하는 사람에 대해 얼마나 많은 험담을 했는지 생각해보라. 당신 의견을 합리화하기 위해 당신이 사랑하는 사람에게 상처를 주는 독을 얼마나 많이 퍼뜨리고 다녔는지 생각해보라. 그나마 당신의 의견은 당신의 관점에 불과한 것으로, 반드시 옳은 것도 아니다. 당신의 의견은 당신의 믿음, 당신의 자아, 당신의 꿈에서 나온 것이다. 그런데도 우리는 단지 우리의 관점이 옳다고 느끼기 위해 수많은 험담을 만들어서 다른 사람에게 퍼트린다.

만일 우리가 첫 번째 약속을 받아들여 말로 죄를 짓지 않게 된다면, 우리 마음에서 모든 감정의 독이 깨끗이 사라질 것이다. 그러면 인간관계뿐 아니라 애완견이나 애완 고양이와의 관계에서까지 아무런 감정의 앙금 없이 의사소통이 이루어질 수 있다.

또 말로 죄를 짓지 않게 되면 우리에게 부정적 주문을 거는 모든 사람으로부터 우리 자신을 안전하게 지킬 수 있다. 우리 마음은 부정적 생각이 무럭무럭 클 수 있는 조건일 때에만 그런 생각을 받아들인다. 그런데 우리가 말로 죄를 짓지 않으면 우리 마음은 더 이상 사악한 마술에서 비롯된 말을 키우지 않게 된다. 대신 사랑에서 비롯된 말들이 왕성하게 활동하는 터전이 된다. 자신이 말로 죄를 짓는지 여부는 자기애의 정도로 측정할 수 있다. 사람들이 자기 자신을 얼마나 많이 사랑하고, 자신에 대해 어떻게 느끼는지는 그들이 사용하는 말의 질과 온전함에 정비례한다. 말로 죄를 짓지 않으면 우리는 편안한 기분으로 행복과 평화를 느낄 수 있다.

단지 말로 죄를 짓지 않겠다고 약속하는 것만으로도 우리는 지옥의 꿈을 떨쳐버릴 수 있다. 바로 지금 나는 당신의 마음에 그 씨앗을 심고 있다. 사랑의 씨앗이 잘 자라고 못 자라고는 당신 마음이 그것을 키우기에 얼마나 비옥한가에 달려 있다. '나는 말로 죄를 짓지 않겠다'라는 약속을 자기 자신과 하느냐 마느냐는 순전히 당신에게 달려 있다. 이 씨앗을 잘 보살피고 키우도록 하라. 그러면 그것이 당신 마음속에서 쑥쑥 잘 자라 한층 더 많은 사랑의 씨앗을 맺게 되고, 마침내 당신 마음으로부터 두려움의 씨앗을 밀어낼 것이다. 이 첫 번째 약속이 당신 마음에서 잘 자랄 수 있는 씨앗의 종류를 바꿀 것이다.

'말로 죄를 짓지 마라.' 만일 당신이 자유롭고 행복하게 살기를 원하고, 지옥과 같은 삶을 떨쳐버리기를 바란다면 이것이야말로 당신이 지켜야 할 첫 번째 약속이다. 이 약속은 대단히 효과적이다. 말을 올바르게 사용하라. 당신의 사랑을 나누어 갖는 데 말을 사용하라. 즐거운 마술을 사용하되, 먼저 당신 자신에게 그 마술을 걸어보라. 자신이 얼마나 근사하고 대단한 존재인지 당신 자신에게 말하라. 당신이 자신을 얼마나 많이 사랑하는지 스스로에게 말하라. 당신을 괴롭히는 온갖 자잘한 약속을 깨뜨리는 데 말을 사용하라.

이것은 당신도 할 수 있는 일이다. 당신보다 조금도 나을 게 없는 내가 바로 그렇게 했으니 당신도 할 수 있다. 그렇다. 당신과 나는 손톱만큼도 다르지 않다. 당신이나 나나 똑같은 구조의 뇌와 신체를 지닌 사람이다. 내가 과거의 약속을 깨고 새로운 약속을 할 수 있었듯이 당신도 똑같이 할 수 있다. 내가 말로 죄를 짓지 않을 수 있다면, 왜 당신이라고 안 되겠는가? 이 한 가지 약속만으로도 당신의 인생 전체를 바꿀 수 있다. 말로 죄를 짓지 않음으로써 당신은 개인의 자유뿐 아니라 엄청난 성공과 풍요로움도 얻을 수 있다. 아울러 모든 두려움을 떨쳐 버리는 대신, 그 두려움이 기쁨과 사랑으로 변화하는 것을 볼 수 있을 것이다.

말로 죄를 짓지 않음으로써 무엇을 이룰 수 있을지 상상해 보라. 말로 죄를 짓지 않음으로써 당신은 두려움의 꿈을 떨쳐 버리고 지금까지와는 전혀 다른 삶을 살 수 있다. 수많은 사람이 지옥 같은 삶을 살고 있는 와중에도 당신은 홀로 천국의 삶을 누릴 수 있다. 당신에게는 지옥에 대한 면역력이 있기 때문이다. 그러므로 '말로 죄를 짓지 마라'라는 이 한 가지 약속만으로도 당신은 천국을 얻을 수 있다.

두 번째 약속

어떤 것도 자신의 문제로 받아들이지 마라

이어질 세 가지 약속은 모두 첫 번째 약속에서 비롯된 것이다. 먼저, 두 번째 약속은 '어떤 것도 자신의 문제로 받아들이지 마라'이다.

당신 주변에서 무슨 일이 벌어지든 그것을 자신의 문제로 받아들이지 마라. 앞서 나왔던 예를 다시 한 번 들어보자. 만일 내가 잘 알지도 못하는 당신을 거리에서 만나 "저기, 당신은 참 어리석군요"라고 한다면, 그것은 당신이 아니라 나를 두고 하는 말이다. 만일 당신이 그 말을 자신의 문제로 받아들인다면, 당신은 아마 자신이 어리석다고 믿을 것이다. 어쩌면 당신 혼자 중얼거릴지도 모른다. "아니, 그 사람이 어떻게 알았지? 그에게 천리안이라도 있나? 아니면 내가 얼마나 멍청한지 남들에게 다 보인단 말인가?"

당신이 그것을 자신의 문제로 받아들이는 것은 당신이 들은 내용이 무엇이든 다 동의하기 때문이다. 당신이 동의하는 순간, 당신 내부로 독이 스며들면서 당신은 지옥의 꿈에 사로잡힌다. 당신을 그렇게 하도록 만드는 원인은 이른바 '개인의 중요성'이라는 것이다. 개인의 중요성 혹은 어떤 일을 자신의 문제로 받아들이기는 이기심의 또 다른 표현이라고 할 수 있다. 사람들은 흔히 모든 것을 다 '나'에 관한 것이라고 가정하기 때문이다. 우리는 교육을 받거나 길들여지는 동안 모든 것을 자신의 문제로 받아들이라고 배운다. 그 결과 모든 것에 대한 책임이 자신에게 있다고 생각하게 된다. 즉, '내 탓이오, 내 탓이오, 모두 내 탓이오!'라며 자신을 탓한다.

다른 사람이 하는 일 가운데 당신 때문에 비롯된 일은 하나도 없다. 전부 다 그들 자신 때문에 하는 일이다. 사람들은 모두 각자 자신의 꿈속에서, 자신의 마음속에서 산다. 말하자면, 당신이 사는 세상과는 전혀 다른 세상에서 살고 있다. 우리가 어떤 일을 자신의 문제로 받아들일 경우, 우리는 다른 사람들이 우리가 사는 세상에 대해 안다고 가정하면서 우리의 세계를 그들의 세계에 강요하려고 한다.

설사 돌아가는 상황이 당신과 직접 관련된 것처럼 보이고 다른 사람들이 당신을 대놓고 모욕한다 해도, 그것은 당신과 아무 상관도 없는 일이다. 알고 보면 사람들의 말과 행동과 의견은 모두 그들이 자기 마음속의 약속에 따라 내세운 것일 뿐이다. 그들의 관점은 전부 그들이 길들여지는 과정에서 받아들인 개념이나 사고방식에서 비롯된 것들이다.

누군가 당신에게 "이보게, 자네는 아주 뚱뚱해 보이는군"이라고 자기 생각을 말하더라도 그것을 당신의 문제로 받아들이지 마라. 실제로 그 사람은 자신의 감정이나 믿음, 의견 따위를 표현하고 있을 뿐이다. 그 사람은 당신에게 독을 내뿜으려고 한 것인데, 만일 당신이 그것을 당신의 문제로 받아들인다면 이는 당신이 그 독을 빨아들여서 당신 것으로 만드는 셈이 된다. 어떤 일을 자신의 문제로 받아들이는 태도는 이런 약탈자들, 즉 사악한 마술사들로 하여금 당신을 쉽사리 먹이로 삼게 만든다. 그들은 시답잖은 의견 하나로 당신을 쉽게 낚아서 그들이 원하는 독은 무엇이든 다 당신에게 주입한다. 그런데 당신이 그 의견을 자신의 문제로 받아들이는 바람에 그 독이 당신 속으로 스며드는 것이다.

당신이 그들의 모든 감정의 쓰레기를 받아들이고 나면 이제 그것은 당신의 쓰레기가 된다. 하지만 만일 그것을 자신의 것으로 받아들이지 않으면 당신은 지옥 한복판에서도 그 독의 영향을 조금도 받지 않는다. 이와 같은 독에 대한 면역력은 두 번째 약속이 주는 선물이다.

어떤 일을 자신의 문제로 받아들이는 바람에 기분이 언짢아질 경우, 당신은 자신의 신념을 옹호하기 위해 갈등을 불러일으키는 반응을 보이게 된다. 그 결과 별것도 아닌 일을 엄청난 일로 부풀린다. 당신만 옳고 다른 사람들은 다 틀리게 만들고 싶은 욕구 때문이다. 또한 다른 사람들에게 당신의 의견을 들이대면서 당신이 옳다는 것을 입증하려고 몹시 애를 쓴다. 다른 사람들과 마찬가지로 당신이 느끼고 행하는 것은 무엇이든 결국 당신의 개인적 꿈이나 약속들이 투영되거나 반사된 것에 불과하다. 당신의 말과 행동, 당신의 의견 등은 모두 당신이 예전에 맺은 약속들을 충실히 따르고 있다. 그러므로 이와 같은 당신의 의견은 나와는 아무 상관도 없다.

당신이 나에 대해 어떻게 생각하는가는 내게 조금도 중요하지 않으므로, 나는 당신이 생각하는 바를 내 문제로 받아들이지 않는다. 사람들이 "미겔, 네가 최고야"라고 말하든, "미겔, 네가 최악이야"라고 말하든 전혀 개의치 않는다. 나는 알고 있다. 사람들이 기분이 좋을 때는 "미겔, 넌 정말 천사 같구나!" 라고 말하다가도 나한테 열이 뻗치면 "세상에, 미겔, 넌 정말 악마야! 넌 진짜 역겨운 놈이야. 네가 어떻게 그런 소리를 할 수 있니?"라고 말한다는 것을……. 나에 대해 누가 어떤 식으로 말하든 나는 조금도 영향을 받지 않는다. 내가 어떤 사람인지는 내가 가장 잘 알고 있기 때문이다. 나는 남들에게 굳이 인정받을 필요가 없다. 그러므로 남들이 나에게 "미겔, 정말 훌륭한 일을 했구나!"라든가 "어떻게 그런 대단한 일을 할 수가!"라고 칭찬하는 소리를 들을 필요도 없다.

그렇다. 나는 그런 말을 나에 대한 것으로 받아들이지 않는다. 다른 사람들이 무슨 생각을 하고 어떻게 느끼든 그것은 다 그들의 문제일 뿐 내 문제는 아니다. 그것은 그들이 세상을 바라보는 방식이다. 다시 말해, 그 사람들은 내가 아니라 자기 자신을 상대하고 있는 것이므로 그것은 나와 아무 상관도 없는 일이다. 사람들은 자신의 신념 체계에 따라 자기 의견을 지니게 된다. 따라서 그들이 나에 대해 생각하는 것도 사실상 나에 대한 것이 아니라 자기들 자신에 대한 것이다.

어쩌면 당신은 내게 이렇게 말할지도 모른다. "미겔, 지금 네가 하는 말 때문에 내가 상처를 받고 있어." 물론 이것 역시 사실이 아니다. 당신에게 상처를 주는 것은 내가 하는 말이 아니다. 내 말은 단지 당신이 지닌 상처를 건드렸을 뿐이다. 당신이 당신 자신에게 상처를 주고 있는 것이다. 그러므로 당신의 말을 나와 상관이 있다고 받아들일 이유가 없다. 이는 내가 당신을 믿지 않거나 신뢰하지 않아서가 아니라, 당신이 나와는 다른 눈으로 세상을 본다는 것을 알고 있기 때문이다. 당신은 마음속으로 한 편의 영화를 찍는다. 그 영화에서 당신은 감독이자 제작자이며 주연 배우이기도 하다. 다른 사람은 모두 조연이나 엑스트라에 불과하다. 따라서 그건 당신의 영화다.

당신이 그 영화를 감상하는 방식은 당신이 삶과 맺은 약속들과 일치한다. 당신의 관점은 당신 개인의 것이다. 다른 누구에게도 해당되지 않는 당신만의 진실이다. 따라서 당신이 나한테 화를 낸다 해도 나는 당신이 자신을 상대하고 있다는 것을 안다. 나는 당신이 화를 낼 핑계에 불과하다. 그리고 당신은 겁이 나서 두려움을 상대하고 있기 때문에 화를 내는 것이다. 만일 당신이 두렵지 않다면 당신은 절대로 내게 화를 내지 않을 것이다. 물론 나를 미워하는 일도 결코 없을 것이다. 어디 그뿐이랴. 조금도 질투하거나 슬퍼할 이유도 없을 것이다.

만일 당신이 두려움 없이 살고 사랑한다면, 당신 마음속에 부정적인 감정들이 들어설 자리는 어디에도 없다. 그리하여 당신이 그런 감정들을 조금도 느끼지 않는다면 기분이 좋아지는 건 당연한 일이다. 기분이 좋으면 주변의 모든 것이 하나같이 훌륭하게 느껴진다. 그 결과 당신 주변의 모든 것이 당신을 행복하게 해준다. 당신은 자신을 사랑하기 때문에 당신 주변의 모든 것을 사랑한다. 당신은 있는 그대로의 자신을 좋아한다. 또 스스로에게 만족하고 자신의 삶에서 행복을 느낀다. 따라서 당신 주변의 모든 것을 사랑하지 않을 수 없다. 당신은 자신이 제작하고 있는 영화가 만족스러울 뿐만 아니라 삶과 맺은 약속에서도 행복을 느낀다. 당신은 평화롭고 행복하다. 당신은 모든 것이 놀랍도록 멋지고 아름다운 지복至福의 경지를 누리게 된다. 그런 상태에서 당신은 자신이 지각하는 모든 것과 끊임없이 사랑을 나누며 살아간다.

사람들이 뭐라고 생각하고 느끼든, 어떤 행동을 하고 어떤 소리를 하든 '그것을 자신의 문제로 받아들이지 마라.' 그들이 당신에게 정말로 근사하다고 칭찬한다 해도 그건 당신을 보고 하는 소리가 아니다. 당신은 자신이 근사하다는 것을 안다. 그러니 굳이 당신에게 근사하다고 말해주는 사람을 필요로 하지 않는다. 어떤 것도 자신의 문제로 받아들이지 마라. 설령 누군가 당신 머리에 총을 쏘는 극단적인 경우라 하더라도 그것도 당신 문제가 아니다.

스스로에 대한 당신의 의견조차 반드시 사실이라고는 할 수 없다. 그러므로 당신은 혼자 속으로 하는 그 어떤 생각도 자신의 문제로 받아들일 필요가 없다. 사람의 마음은 제멋대로 혼자 중얼거리는 능력도 있지만, 다른 세계로부터 얻을 수 있는 정보를 귀 기울여 듣는 능력도 있다. 이따금 당신은 마음속에서 들려오는 목소리를 들으며 그것이 어디서부터 왔는지 궁금할 때가 있을 것이다. 이 목소리는 사람의 마음과 매우 흡사한 생명체들이 살고 있는 또 다른 세계에서 온 것일 수도 있다. 톨텍 인디언들은 이 생명체를 동맹자라고 불렀고, 유럽이나 아프리카, 인도에서는 신이라고 불렀다.

인간의 마음은 신의 수준에서도 존재한다. 또한 그 현실 속에 살면서 그 현실을 인지할 수도 있다. 마음은 눈으로 보면서 이 깨어 있는 현실을 지각할 수 있다. 그런가 하면 이성적으로 의식하지 못하는 가운데 눈 없이도 보고 지각할 수 있다. 마음은 다양한 차원에서 살고 있다. 때로는 당신이 마음먹은 것이 아닌데도 마음속을 뱅뱅 돌고 있는 생각을 지각할 때가 있을 것이다. 이와 같은 목소리를 믿느냐 마느냐는 당신 자신이 선택할 문제다. 또 당신에게는 그 목소리가 속삭이는 내용을 자신의 문제로 받아들이지 않을 권리도 있다. 우리에게는 우리 마음속에서 들리는 목소리를 믿을지 말지 선택할 권리가 있다. 마치 우리에게 지구의 꿈속에서 무엇을 믿고 무엇에 동의할지 선택할 권리가 있는 것과 똑같다고 할 수 있다.

마음은 자기 자신에게 말할 수도 있고, 자신의 말을 들을 수도 있다. 우리 몸이 여러 기관으로 나뉘듯 마음도 여러 부분으로 나뉜다. 당신이 "나는 오른손으로 왼손을 만질 수 있어"라고 말할 수 있는 것과 똑같이 마음도 자기 자신에게 말할 수 있다. 마음의 한쪽 부분은 말하고, 나머지 부분은 듣는다. 그런데 마음의 수많은 부분들이 한꺼번에 떠들어대고 있다면 그건 큰 문제가 아닐 수 없다. 이것이 이른바 '미토테'인데, 기억하시는지?

'미토테'는 수많은 사람이 동시에 왁자지껄 떠들면서 물건을 사고파는 거대한 시장에 비유할 수 있다. 사람들은 저마다 다른 생각과 느낌을 가지고 있는데, 요는 각자 다른 관점을 지니고 있다는 말이다. 마음속에 주입된 사고나 신념들, 즉 우리가 과거에 맺었던 모든 약속이 반드시 서로 양립하는 것은 아니다. 각각의 약속은 분리된 생명체와 같아서 자신만의 특징과 목소리를 지닌다. 그 결과 다른 약속들과 끊임없이 충돌을 일으키다 결국은 마음속에서 커다란 전쟁을 일으키고 마는 경우가 있다. 사람들이 자신이 무엇을 원하는지, 언제 또 어떻게 그걸 원하는지 모르는 이유는 바로 이 '미토테' 때문이다. 사람들이 자기 자신과 조화로운 관계를 형성하지 못하는 이유는 마음의 각 부분이 서로 다른 것을, 심지어는 정반대의 것을 원하기 때문이다.

이쪽 마음은 이런 생각과 행동에 찬성하지만, 저쪽 마음은 다른 생각과 행동을 지지한다. 이 모든 작은 생명체가 살아 움직이면서 저마다 제 목소리를 내는 바람에 내적 갈등이 일어난다. 따라서 마음속의 모든 갈등을 들추어내고 마침내 '미토테'의 혼란으로부터 질서를 수립하기 위해서는 우리가 맺은 약속들의 목록을 작성하는 수밖에 없다.

'어떤 것도 자신의 문제로 받아들이지 마라.' 그렇게 하지 않으면 우리는 아무것도 아닌 일로 고통스러울 것이다. 사람들은 서로 다른 수준과 서로 다른 정도로 고통에 중독되어 있는데, 심지어 이런 중독 상태를 유지하기 위해 서로 돕기도 한다. 만일 당신이 학대받을 필요가 있다면, 다른 사람들에게 학대당하는 게 아주 쉽다는 걸 알 수 있을 것이다.

마찬가지로 만일 당신이 고통받을 만한 사람들과 함께 있다면, 당신 내면의 무언가가 그들을 학대하라고 당신을 부추길 것이다. 마치 그들이 등에 "제발 나 좀 걷어차줘"라고 적힌 쪽지를 붙이고 다니기나 하는 것처럼……. 그들은 자신의 고통을 정당화시켜달라고 애원한다. 그러나 그들의 고통 중독은 날로 심각해질 뿐이다.

당신은 어디를 가든 당신에게 거짓말하는 사람을 볼 수 있다. 그런데 당신이 그 사실을 분명하게 의식함에 따라 당신 또한 당신 자신에게 거짓말한다는 사실을 깨닫게 될 것이다. 사람들이 당신에게 진실을 말해주기를 기대하지 마라. 그들은 자기 자신에게도 거짓말을 한다. 그러므로 당신은 자신을 믿어야 하며, 다른 사람이 당신에게 하는 말을 믿을지 말지 선택해야 한다.

다른 사람들을 있는 그대로 보면서 그들의 언행을 자신의 문제로 받아들이지 않는다면, 남들로 인해 상처 받을 일도 없다. 설사 남들이 우리에게 거짓말을 하더라도 괜찮다. 그들은 두렵기 때문에 거짓말을 한다. 자기들이 불완전하다는 것을 우리가 알아챌까 봐 두려운 것이다. 사회적 가면을 벗어버리기가 고통스러운 것이다.

사람들의 말과 행동이 일치하지 않는데도 우리가 그들의 행동에 주의를 기울이지 않는다면, 우리는 우리 자신에게 거짓말을 하고 있는 셈이다. 하지만 우리가 스스로에게 진실하다면, 우리는 상당한 감정적 고통을 피할 수 있다. 자신에게 진실을 말하는 것이 일시적으로는 상처가 될 수도 있지만, 그렇게 함으로써 궁극적으로는 고통에 얽매일 필요가 없게 된다. 치유가 진행되고 있으니, 이제 우리 주변 상황이 호전되는 것은 시간 문제다.

만일 당신을 존경하거나 사랑하지 않는 사람이 당신 곁을 떠난다면 그건 당신에게 커다란 축복이다. 하지만 그 사람이 떠나지 않을 경우, 당신은 분명 그 사람 때문에 오랫동안 고통받을 것이다. 그 사람이 떠난 것 때문에 잠시 상처를 받을 수도 있겠지만, 결국 마음의 상처는 치유될 것이다. 그러고 나면 당신은 자신이 진정으로 원하는 것을 선택할 수 있다. 그리고 올바른 선택을 하기 위해서는 남들을 신뢰하는 것보다 자기 자신을 신뢰하는 것이 훨씬 더 필요하다는 것도 깨닫게 된다.

어떤 것도 자신의 문제로 받아들이지 않는 습관이 굳어지면 당신은 온갖 감정의 혼란을 피할 수 있다. 다시 말해, 분노, 질투, 시기만 사라지는 게 아니라 깊은 슬픔조차 가뭇없이 사라질 것이다.

만일 이 두 번째 약속을 습관으로 굳힐 수만 있다면, 당신은 어떤 것도 당신을 도로 지옥으로 밀어 넣지 못한다는 것을 깨닫게 될 것이다. 어떤 것도 자신의 문제로 받아들이지 않을 경우, 당신은 엄청난 자유를 누릴 수 있다. 당신에게 사악한 마술사에 대한 면역이 생기기 때문이다. 그러면 아무리 막강한 주문이라도 당신에게는 감히 영향을 미치지 못할 것이다. 아무리

온 세상이 당신에 대한 뒷담화로 시끄럽다 해도 당신이 그걸 자신의 문제로 받아들이지 않는다면, 당신은 끄떡없이 버텨낼 수 있다. 누군가 고의로 당신에게 감정의 독을 보낸다 해도 당신이 그걸 당신의 문제로 받아들이지 않는다면, 당신은 그 독을 삼키지 않을 것이다. 당신이 감정의 독을 받아들이지 않으면, 그 독은 당신 내부가 아니라 보낸 사람의 내부에서 훨씬 더 강해지고 독해진다.

이제 당신은 이것이 얼마나 중요한 약속인지 알 수 있을 것이다. 어떤 것도 자신의 문제로 받아들이지 않음으로써 당신은 당신을 지옥의 꿈속에 가두어놓고 쓸데없는 고통을 겪게 했던 수많은 습관과 일상을 깨뜨릴 수 있다. 이 두 번째 약속을 실천하는 것만으로도 당신은 고통을 야기했던 그렇고 그런 사소한 약속들을 깨뜨리기 시작하는 셈이다. 만일 당신이 이상의 두 가지 약속을 실천한다면, 당신은 이제까지 당신을 괴롭혀온 하찮은 약속의 75퍼센트를 깨뜨리는 셈이다.

'어떤 것도 자신의 문제로 받아들이지 마라'라는 약속을 쪽지에 적어서 냉장고에 붙여놓고, 볼 때마다 마음에 새기도록 하라.

어떤 것도 자신의 문제로 받아들이지 않는 습관이 몸에 배면, 당신은 다른 사람의 말이나 행동에 의지할 필요가 없게 될 것이다. 책임 있는 선택을 하기 위해서는 오로지 자기 자신만 신뢰하면 된다. 당신은 절대로 다른 사람들의 행동을 책임질 필요가 없다. 오로지 당신 자신에게만 책임이 있다. 당신이 이것을 온전하게 이해하고 어떤 것도 당신의 문제로 받아들이기를 거부한다면, 당신은 다른 사람들이 무심코 던진 말이나 행동 때문에 상처 받는 일이 없을 것이다.

만일 이 약속만 지킨다면 당신은 활짝 열린 마음으로 전 세계를 여행할 수 있을 것이며 아무도 당신에게 상처를 줄 수 없을 것이다. 또 망신당하거나 거부당할까 봐 두려워하지 않고 "나는 당신을 사랑합니다"라고 말할 수 있다. 또한 당신이 필요한 것을 아무 거리낌 없이 부탁할 수도 있다. 또 어떤 경우든 간에 죄의식을 느끼거나 자신을 심판하는 일 없이 '예'나 '아니요'라고 대답할 수 있다. 말하자면, 항상 마음 가는 대로 따를 수 있다. 그럼 설사 지옥 한복판에 있다 하더라도 내적인 평화와 행복을 누릴 수 있을 것이다. 다시 말해, 당신은 지복의 경지를 누릴 수 있으며, 지옥의 영향을 받는 일도 없을 것이다.

세 번째 약속

추측하지 마라

세 번째 약속은 '추측하지 마라'이다.

사람들은 흔히 모든 것에 대해 추측하는 경향이 있다. 그런데 문제는 우리가 추측한 내용을 사실이라고 '믿는다'는 데 있다. 우리는 그것이 정말이라고 맹세하기도 한다. 또 다른 사람들이 생각하고 행동하는 것에 대해 추측하면서 그것을 우리 자신의 문제로 받아들인다. 그런 다음 그들을 비난하고 그들에게 감정적인 독설을 퍼붓는다. 이것이 바로 우리가 추측할 때마다 문제를 불러일으키는 이유다. 다른 사람의 생각과 행동을 추측하고 오해하면서 그것을 자신의 문제로 받아들이다가 결국은 아무짝에도 쓸모없는 커다란 문제를 일으키고 만다.

우리가 살면서 겪어온 모든 슬픔과 문제는 어떤 일에 대해 추측하고 그것을 자신의 문제로 받아들인 데서 비롯되었다. 잠시 동안 이 말의 진실성을 생각해보라. 사람들 사이에서 벌어지는 주도권 쟁탈전은 모두 어떤 일을 추측하면서 그것을 자신의 문제로 받아들이는 것과 관련 있다. 모든 지옥의 꿈은 전부 거기에 바탕을 두고 있다.

단지 어떤 일에 대해 추측하고 그것을 자신의 문제로 받아들이는 것만으로도 많은 감정의 독이 쌓인다. 험담은 대개 추측한 내용에서 시작되기 때문이다. 지옥의 꿈속에서는 험담하는 것이 서로 소통하는 방식이자 서로에게 독을 퍼뜨리는 방식이라는 점을 기억하라. 사람들은 분명하게 설명해달라고 부탁하기가 두려워서 추측을 하고 또 그 추측이 맞다고 믿는다. 그런 다음 자신의 추측이 옳다는 것을 옹호하고 다른 사람의 주장을 틀린 것으로 만드느라 애를 쓴다. 제멋대로 추측하기보다는 명쾌하게 질문하는 것이 훨씬 바람직한 태도다. 추측은 사람들을 고통 속으로 밀어 넣는다.

사람의 마음속에 있는 커다란 '미토테'가 수많은 혼란을 불러일으키는 바람에 우리는 모든 것을 잘못 해석하고 사사건건 오해한다. 우리는 보고 싶은 것만 보고, 듣고 싶은 것만 듣는다. 우리 앞의 대상을 있는 그대로 인지하지 않는다. 또 현실적인 근거도 없이 환상에 빠지는 버릇이 있다. 말 그대로 자신의 환상 속에서 헛된 꿈을 꾸는 것이다. 우리는 어떤 것을 제대로 이해하지 못하기 때문에 그 의미에 대해 추측한다. 그러다가 진실이 밝혀지면 환상은 물거품처럼 깨지고, 우리는 그제야 그것이 우리가 생각했던 것과 완전히 다르다는 사실을 깨닫는다.

예를 들어 당신이 쇼핑 몰을 걷다가 우연히 좋아하는 사람을 만났다고 하자. 그 사람은 당신을 돌아보고 미소를 지은 다음 당신 곁을 떠난다. 그런데 이 미소 하나를 두고 당신은 온갖 추측을 할 수 있다. 그리고 이 추측을 바탕으로 환상의 세계를 만들어낼 수 있다. 그러면서 정말로 그 환상의 세계를 믿고 싶어하고 그것이 실현되기를 바란다. 단순한 추측에서 커다란 환상이 싹트기 시작하면서 당신은 이렇게 믿을 수 있다. "오오, 이 사람은 정말로 나를 좋아해." 이제 당신은 속으로 온갖 관계를 상상하기 시작한다. 어쩌면 환상의 세계에서 당신은 결혼까지 할지도 모른다. 하지만 이 환상의 세계는 당신 마음속에, 당신 개인의 꿈속에만 존재하는 것이다.

인간관계에서 추측하는 것이야말로 문제를 불러일으키는 원흉이다. 우리는 흔히 애인이 우리가 생각하는 것을 다 알고 있다고 넘겨짚고, 우리가 원하는 것을 굳이 말할 필요가 없다고 생각한다. 그러면서 상대방이 나를 속속들이 알기 때문에 내가 원하는 것을 알아서 해주리라고 기대한다. 그러다가 그가 당연히 해줄 줄 알았던 것을 하지 않을 경우, 우리는 몹시 상처를 받고 이렇게 말한다. "당신은 내가 원하는 걸 알았어야 했어."

또 다른 예를 들어보자. 당신은 애인과 결혼하기로 결심하면서 당신 애인도 당신과 같은 식으로 결혼을 생각한다고 추측한다. 하지만 결혼하고 같이 살게 되면서 당신은 당신 짐작이 틀렸다는 것을 깨닫는다. 이것 때문에 무수한 갈등이 일어나는데도 당신은 여전히 결혼에 대한 당신의 생각을 분명하게 설명하려고 노력하지 않는다. 남편이 퇴근해서 집에 와 보면 아내가 잔뜩 화가 나 있는데도 남편은 그 이유를 모른다. 아마도 이것은 아내가 제멋대로 추측한 결과일 것이다. 남편에게 자신이 원하는 것을 말하는 대신 남편이 자신을, 자신이 원하는 것을 아주 잘 안다고 추측하는 것이다. 마치 남편이 그녀의 마음을 읽을 수나 있다는 듯이. 그리고 자신의 기대에 부응하지 못하는 남편에게 화가 나서 어쩔 줄 모른다. 이처럼 인간관계에서 제멋대로 추측하는 행위는 많은 갈등과 어려움과 오해를 야기한다. 그것도 자신이 사랑하는 사람과의 관계에서…….

어떤 인간관계에서나 우리는 상대방이 우리 생각을 잘 알고 있으므로 우리가 원하는 것을 굳이 말할 필요가 없다고 넘겨짚는 수가 있다. 그들이 우리를 매우 잘 알고 있기 때문에 우리가 원하는 것을 알아서 해줄 것이라고 기대한다. 따라서 그들이 우리가 원하는 것이나 마땅히 해주리라고 기대한 것을 해주지 않으면 상처를 입고 투덜거린다. "당신이 어떻게 그럴 수가 있어? 말 안 해도 알아서 해주었어야지." 사람들이 이런 식으로 추측에 추측을 더하는 바람에 결국은 심각한 문제가 발생하는 것이다.

인간의 마음이 작용하는 방식은 퍽 흥미진진하다. 사람들은 안도감을 느끼기 위해 모든 것을 합리화하고, 설명하고, 이해하고 싶어 한다. 우리 주변에는 논리적으로 설명할 수 없는 것이 너무나 많기에 그만큼 우리가 알고 싶고 궁금하여 질문할 것도 많다. 그런데 그 질문에 대한 답이 맞느냐 틀리느냐는 별로 중요하지 않다. 그저 답이 있다는 것만으로 우리는 안심한다. 이것이 바로 사람들이 어떤 일에 대해 제멋대로 추측하는 이유다.

사람들이 무슨 말을 하면 우리는 그 말을 가지고 추측한다. 만일 그들이 아무 말도 하지 않으면 이번에는 알고 싶은 욕구를 충족시키고, 소통하고 싶은 욕구를 대신하기 위해 추측을 한다. 심지어 무슨 뜻인지 모르는 말을 들었을 때조차 그것이 무슨 뜻인지 제멋대로 추측하고 그 추측을 믿어버린다. 이렇게 온갖 종류의 추측이 난무하는 이유는 사람들에게 직접 질문할 용기가 없기 때문이다.

이런 추측들은 대체로 순식간에 무의식적으로 이루어지는

데, 이는 우리가 이런 식으로 소통하는 데 동의했기 때문이다. 우리는 질문하는 것이 안전하지 못하다는 데 동의했고, 우리를 사랑하는 사람이라면 마땅히 우리가 무엇을 좋아하고 어떻게 느끼는지 알아야 한다는 데 동의했다. 우리가 어떤 사실을 믿을 때 자신이 옳다고 가정하게 되며, 그 결과 자신의 입장을 방어하기 위해 인간관계를 파괴하기까지 한다.

우리는 모든 사람이 우리와 똑같은 방식으로 인생을 보고 있다고 추측한다. 어디 그뿐인가. 다른 사람들도 우리처럼 생각하고 느끼며, 우리처럼 심판하고 학대한다고 짐작한다. 이것이야말로 인간이 저지르는 가장 큰 착각이다. 그리고 우리가 다른 사람들 가까이 있는 것을 두려워하는 이유도 바로 이것 때문이다. 우리가 그러는 것처럼 다른 사람들도 모두 우리를 심판하고 희생양으로 삼으며, 우리를 학대하고 비난한다고 생각하는 것이다. 그 결과 남들이 우리를 거부할 기회도 갖기 전에 일찌감치 우리가 우리 자신을 거부해버렸다. 이것이 바로 인간의 마음이 작용하는 방식이다.

우리는 자신에 대해서도 추측을 하는데 이것 때문에 많은 내적 갈등이 일어난다. 예를 들어 당신이 "나는 이것을 할 수 있을 거야"라고 짐작했는데 그럴 수 없다는 사실을 알았다고 하자. 당신은 자기 자신에게 질문하고 대답할 시간을 갖지 않았기 때문에 자신을 과대평가하거나 과소평가한다. 아마도 당신은 특정 상황에 대해 좀 더 많은 정보를 수집할 필요가 있을지도 모른다. 아니면 당신이 정말 원하는 것에 대해 스스로에게 솔직해질 필요가 있는지도 모르고.

종종 당신이 좋아하는 사람과 사귀게 될 때, 당신은 자신이 왜 그 사람을 좋아하는지 정당화해야 직성이 풀린다. 당신은 그 사람에게서 당신이 보고 싶은 것만 보면서 그 사람에게 당신이 싫어하는 면이 있다는 사실을 인정하려 들지 않는다. 그리고 자신의 판단이 옳다는 걸 합리화하기 위해 스스로에게 거짓말을 한다. 그러면서 이런저런 추측을 하는데 그중 하나가 "내 사랑이 이 사람을 변화시킬 거야"라는 것이다. 하지만 이것은 사실이 아니다. 당신의 사랑은 누구도 변화시킬 수 없다. 만일 어떤 사람이 변했다면 그건 그 사람이 변하고 싶어서 변한 거지 당신이 그를 변화시킨 건 아니다. 시간이 흐르면서 당신과 애인 사이에 문제가 생기면 당신은 상처를 받는다. 아울러 전에는 보고 싶지 않았던 점들이 갑자기 눈에 띄기 시작하는데, 이제는 감정의 독이 작용하는 바람에 그것들이 더 과장되어 나타난다. 이제 당신은 자신의 감정적 고통을 합리화하면서 자신의 선택에 대해 그들을 비난하려 든다.

사랑을 정당화할 필요는 없다. 사랑이란 그냥 하거나 하지 않거나 할 뿐이다. 진정한 사랑이란 상대방을 변화시키려 들지 않고 있는 그대로 사랑하는 것이다. 만일 상대방을 변화시키려고 한다면, 이는 그를 진실로 사랑하는 것이 아니라는 뜻이다. 물론 누군가와 함께 살기로 결심하고 결혼을 약속한다면, 이왕이면 당신이 원하는 이상형에 부합하는 사람과 약속하는 것이 훨씬 바람직하다. 그러므로 당신이 전혀 변화시킬 필요가 없는 사람을 찾도록 하라. 상대방을 변화시키려고 애를 쓰느니 애초부터 당신이 원하는 이상형을 찾는 것이 훨씬 쉬운 일이다. 마찬가지로 상대방 역시 당신을 있는 그대로 사랑해야 한다. 그래야만 굳이 당신을 변화시킬 필요가 없을 테니까. 만일 어떤 사람이 당신을 변화시켜야 한다고 생각한다면, 이는 그가 당신을 있는 그대로, 진실로 사랑하는 것이 아니라는 뜻이다. 그렇다면 당신이, 상대방이 원하는 이상형이 아닐진대 굳이 그 사람과 함께 살아야 할 이유가 어디 있을까?

우리는 자기 본연의 모습으로 존재해야 하기 때문에 거짓된 이미지를 제공할 필요가 없다. 상대방이 나를 있는 그대로 사랑한다면 "좋아요, 나를 가져요"라고 하겠지만, 상대방이 있는 그대로의 나를 좋아하지 않는다면 "좋아요, 안녕. 딴 사람이나 찾아봐요"라고 해야 한다. 어쩌면 이 말이 귀에 거슬릴지도 모르지만, 그래도 이런 식의 의사소통이 다른 사람들과 하는 개인적 약속을 명쾌하고 완전무결한 것으로 만들어준다.

당신이 배우자나 애인에 대해, 그리고 마침내 당신 삶에서 만나는 모든 이들에 대해 더 이상 추측하지 않게 될 날을 상상해보라. 당신의 의사소통 방식은 완전히 바뀔 것이고, 당신은 더 이상 잘못된 추측에서 비롯된 갈등으로 고통을 겪지 않아도 될 것이다.

제멋대로 추측하는 버릇을 막기 위해서는 질문을 하는 것이 가장 좋은 해결책이다. 반드시 의사소통을 확실하게 하라. 이해가 안 되면 질문하라. 가능한 한 확실히 알 때까지 질문할 수 있는 용기를 가지라. 그리고 설령 분명히 안다고 생각될 때에도, 주어진 상황에 대해 당신이 알아야 할 것을 다 알았다고 넘겨짚지 마라. 일단 대답이 나오면 진실이 밝혀질 것이므로 더 이상 추측할 필요도 없다.

아울러 당신이 원하는 것을 요구할 수 있는 용기를 지니도록 하라. 물론 다른 사람들은 당신에게 '예' 혹은 '아니요'라고 대답할 권리가 있고, 당신에게도 항상 요구할 권리가 있다. 마찬가지로 다른 사람들도 당신에게 요구할 권리가 있고, 당신도 '예' 혹은 '아니요'라고 대답할 권리가 있다.

만일 어떤 일이 잘 이해되지 않을 경우, 추측하는 대신 질문을 통해 분명하게 아는 것이 훨씬 더 바람직하다. 더 이상 추측하지 않게 되는 날, 당신은 감정의 독 없이 아주 분명하고 명확하게 의사소통을 하게 될 것이다. 추측하지 않으면 당신의 말도 죄를 짓지 않는다.

의사소통이 명확하게 이루어지면 당신의 모든 인간관계도 변할 것이다. 당신의 배우자나 애인뿐 아니라 모든 사람과의 관계가 모조리 변할 것이다. 모든 것이 다 확실해졌으므로 당신은 더 이상 추측할 필요가 없다. 이것이 내가 원하는 바이고, 당신이 원하는 바이기도 하다. 사람들이 이런 식으로 소통한다면 말로 죄를 짓는 일도 없어진다. 만일 모든 사람이 하나같이 말로 죄를 짓지 않고 이런 식으로 소통할 수만 있다면, 전쟁도 폭력도 오해도 다 사라질 것이다. 우리가 훌륭하고 명확하게 의사소통을 할 수만 있다면 인간의 모든 문제는 저절로 해결될 것이다.

그러므로 '추측하지 마라'가 세 번째 약속이다. 그러나 이것은 말하기는 쉽지만 실천하기는 어려운 약속이다. 정반대로 행동하는 사람들이 비일비재하기 때문이다. 우리는 과거의 모든 습관이 우리 몸에 배어 있다는 사실을 의식조차 못 하고 산다. 따라서 이런 습관들을 깨닫고 이 약속의 중요성을 이해하는 것이 첫 번째 단계다. 하지만 약속의 중요성을 이해하는 것만으로는 충분하지 않다. 알거나 생각하는 것은 단지 마음속에 뿌려진 씨앗에 지나지 않는다. 정말로 중요한 것은 실천이다. 몇 번이고 거듭해서 행동으로 옮기는 것이야말로 우리의 의지를 강화시키고 씨앗에 거름을 주고 새로운 약속이 자랄 수 있는 튼튼한 기초를 형성하는 방법이다. 수없이 반복하며 실천하다 보면 언젠가는 이 새로운 약속들이 제2의 천성이 될 것이다. 그러면 당신의 말이 마법을 부려 당신을 사악한 마술사에서 선량한 마술사로 변신시킬 것이다.

선량한 마술사는 창조하고 베풀고 나누고 사랑하는 데 말을 사용한다. 이 약속 하나를 습관화하는 것만으로도 우리는 인생 전체가 완전히 변화하는 경험을 맛볼 것이다.

우리가 자신의 꿈을 모조리 변화시킬 때, 우리 삶에서 마법이 일어난다. 영혼이 우리 마음속에서 자유롭게 활동하는 덕분에 우리가 필요로 하는 것이 손쉽게 우리를 찾아온다. 이것이 바로 의지의 통달, 영혼의 통달, 사랑의 통달, 감사의 통달이요, 나아가 삶에 통달한 것이라 하겠다. 이것이야말로 톨텍 인디언들이 추구하는 목표이자 개인의 자유로 이어지는 길이다.

네 번째 약속

항상 최선을 다하라

마지막으로 한 가지 약속이 더 있는데, 이것은 앞서 나온 세 가지 약속이 단단히 몸에 밸 수 있도록 도와주는 것이다. 네 번째 약속은 나머지 세 가지 약속의 실천에 대한 것으로, '항상 최선을 다하라'이다.

어떤 상황에서도 항상 최선을 다하라. 더도 덜도 아닌 자신의 최선을……. 그러나 최선의 질적 수준이 언제나 똑같을 수는 없다는 사실을 명심하라. 세상의 모든 것은 살아 있으면서 끊임없이 변화한다. 따라서 최선이라는 것도 때로는 대단히 훌륭한 수준이지만 때로는 그만 못할 수도 있다. 누구나 피로에 지친 밤보다는 상쾌하고 활기찬 기분으로 일어난 아침에 훨씬 양질의 최선을 다할 수 있다. 이와 마찬가지로 아플 때와 건강할 때, 술에 취했을 때와 멀쩡할 때의 최선은 질적으로 그 차원이 다르다. 그러므로 최선의 질적 수준은 그 사람이 기분 좋고 행복한가, 아니면 속상하고 분노하고 질투하는가에 따라 좌우된다.

그날그날의 컨디션에 따라 최선의 질적 수준도 순간순간, 시시각각, 날이면 날마다 달라질 수 있다. 그 결과 시간의 흐름에 따라 최선의 질도 달라진다. 하지만 네 가지 약속이 습관처럼 몸에 배면 최선의 질적 수준도 예전보다 훨씬 높아질 것이다.

질적 수준에 개의치 말고 항상 최선을 다하라. 더도 덜도 말고 딱 자신의 최선을……. 자신이 할 수 있는 최선 이상을 무리하게 욕심내다가는 필요 이상의 에너지만 소모하고 결국 좋은 결과도 얻지 못할 것이다. 무리할 경우 체력만 고갈시키면서 자신에게 해를 끼칠 뿐 아니라, 목표를 달성하는 데도 더 많은 시간이 걸린다. 이와는 반대로 최선을 다하지 않을 경우,

당신은 누가 뭐라 하지 않아도 좌절감, 자기비판, 죄의식, 후회에 사로잡히게 될 것이다.

그러니 어떤 상황에서도 오로지 최선을 다하라. 지치고 아픈 것은 조금도 문제되지 않는다. 항상 최선을 다한다면 자신을 심판할 일이 있을 수 없다. 그리고 자신을 심판하지 않으면 죄의식이나 죄책감에 시달릴 필요도 없고, 자신을 처벌하느라 괴로워할 필요도 없다. 항상 최선을 다한다면 우리에게 걸린 엄청난 주문도 깨뜨릴 수 있을 것이다.

번뇌에서 해탈하기를 바라는 한 남자가 자신을 도와줄 스승을 찾아 절에 갔다. 그가 대사에게 물었다. "스님, 제가 하루에 네 시간씩 참선하면 번뇌에서 해탈하는 데 얼마나 걸리겠습니까?"

대사가 그를 지그시 바라보며 대답했다. "하루에 네 시간씩 참선하면 아마 십 년 후에는 해탈할 수 있을 걸세."

남자는 그보다 더 많이 할 수 있다고 생각하고 다시 물었다. "그럼, 스님, 만일 제가 하루에 여덟 시간씩 한다면 얼마나 걸리겠습니까?"

대사가 다시 그를 지그시 바라보며 대답했다. "하루에 여덟 시간씩 한다면 아마 이십 년쯤 후에는 해탈하겠지."

남자가 물었다. "더 많은 시간을 참선하는데 왜 더 오랜 시간이 걸리는지요?"

대사가 대답했다. "자네는 자네의 즐거움이나 삶을 희생하려고 여기에 온 게 아니야. 오히려 살기 위해, 행복해지기 위해, 사랑하기 위해 여기에 온 거라네. 자네가 최선을 다해 참선할 수 있는 한계가 두 시간인데 만일 여덟 시간을 그런다고 하세. 자네는 틀림없이 점점 지치고 본질을 놓치게 되면서 인생의 즐거움을 누리지 못할 걸세. 자네가 할 수 있는 최선을 다하게. 그러면 몇 시간을 참선하든 살아가면서 사랑하고 행복해질 수 있다는 걸 배우게 될 걸세."

최선을 다하다 보면 당신은 치열한 삶을 살게 될 것이다. 당신은 생산적인 사람이 되고 자기 자신에게도 좋은 사람이 될 것이다. 당신이 가족과 사회, 그리고 모든 것을 위해 헌신하고 있을 테니까 말이다. 하지만 뭐니 뭐니 해도 강렬한 행복감을 맛보게 하는 데는 실천이 최선이다. 최선을 다하는 사람을 보면 으레 행동으로 실천하고 있다. 그러므로 최선을 다하는 것이란 곧 행동으로 옮기는 것으로, 이는 보상을 바라서가 아니라 마음에서 우러나와서 하는 것이다. 그런데 대부분의 사람들은 이와 반대로 한다. 사람들은 보상을 기대할 수 있을 때에만 행동을 취하며, 그나마 그것을 좋아하지도 않는다. 사람들이 최선을 다하지 않는 이유가 바로 이것이다.

예를 들면, 대부분의 사람들은 매일 봉급날과 노동의 대가로 받을 돈만 생각하며 직장에 출근한다. 그들은 무슨 요일에 봉급을 타든 당장 휴가를 낼 수만 있으면 굳이 주말까지 기다리지 않는다. 그들은 대가를 받기 위해 일을 하므로 마지못해 움직일 뿐이다. 그렇게 뺀질거리다 보니 일하는 것은 점점 더 어려워지고, 그나마 최선을 다하지도 않는다.

사람들은 노동과 행동을 고통스러워하면서도 일주일 내내 열심히 일한다. 일이 좋아서가 아니라 그래야 한다고 생각하기 때문이다. 그들은 집세를 내고 가족을 부양해야 하기 때문에 일을 하지 않을 수 없다. 그리고 그런 온갖 스트레스를 받기 때문에 봉급을 받을 때에도 별로 행복하지 않다. 그들은 주말에 이틀 동안 쉬면서 휴식을 취하고 원하는 일을 할 수 있다. 그런데 그 이틀 동안 그들은 과연 무엇을 할까? 그들은 기를 쓰고 현실에서 도망치려고 한다. 자기 자신을 좋아하지 않기 때문에 술에 취해 해롱거리고, 자신의 삶을 마음에 들어하지 않는다. 자기 자신이 마음에 들지 않을 때, 사람들이 스스로에게 상처를 주는 방법은 무궁무진하다.

한편 아무런 대가도 바라지 않고 오로지 어떤 일 자체를 하기 위해 행동한다면, 우리는 자신이 행하는 모든 일을 즐길 수 있을 것이다. 물론 대가를 받겠지만 우리는 그 대가에 목매달지 않는다. 게다가 대가를 바라지도 않았는데 예상했던 것보다 훨씬 더 큰 보상을 받을 수도 있다. 만일 자신이 하는 일을 좋아하고 항상 최선을 다할 수만 있다면, 우리는 진정으로 삶을 즐길 수 있다. 따분해하거나 욕구불만에 시달리는 대신 즐겁고 신나는 삶을 누릴 수 있을 것이다.

최선을 다한다면, 우리의 판관은 우리가 유죄임을 발견하거나 우리를 비난할 기회를 갖지 못한다. 우리가 최선을 다했는데도 판관이 법전에 따라 우리를 심판하려고 할 경우, "나는 최선을 다했소"라고 말하면 된다. 후회는 없다. 이것이 바로 우리가 최선을 다해야 하는 이유다. 지키기 쉬운 약속은 아니지만, 이 약속이 우리를 진실로 자유롭게 해줄 것이다.

최선을 다했을 때 우리는 자신을 인정하는 법을 배우게 된다. 물론 우리는 자신의 실수를 깨닫고 그것으로부터 무언가를 배워야 한다. 실수로부터 무언가를 배운다는 것은 어떤 일을 실천한 다음 그 결과를 정직하게 바라보면서 계속 실천해나간다는 뜻이다. 이를 통해 우리의 의식도 강화될 것이다.

어떤 일에 대해 최선을 다하다 보면 실제로 일하는 것처럼 느껴지지 않는다. 무슨 일을 하든 즐겁기 때문이다. 어떤 행동이 즐겁거나 당신에게 부정적 영향이 없는 방식으로 어떤 일을 하고 있다면, 이는 당신이 최선을 다하고 있다는 뜻이다. 당신 스스로 그 일을 하고 싶기 때문에 최선을 다하는 것이다. 그 일을 해야 하기 때문도 아니고, 판관을 만족시키거나 다른 사람들의 비위를 맞추기 위해 하는 것도 아니다.

어떤 일을 의무 때문에 한다면 당신은 절대로 최선을 다하지 않을 것이다. 그럴 경우 그 일은 안 하느니만 못하다. 그렇다. 당신은 최선을 다하는 것이 언제나 매우 행복하기 때문에 최선을 다한다. 오로지 어떤 일을 하는 것 자체가 즐거워서 최선을 다하고 있다면, 당신은 행동을 즐기기 때문에 행동으로 옮기는 것이다.

행동하는 것은 곧 충만한 삶을 산다는 뜻이다. 따라서 행동하지 않는 것은 삶을 거부한다는 말이다. 행동하지 않는 것은 오랜 세월 날이면 날마다 텔레비전 앞에 죽치고 앉아 있는 것과 똑같다. 살아 있는 것이 두렵고, 위험을 무릅쓴 채 있는 그대로의 자신을 표현하는 것이 겁나기 때문이다. 자신을 표현하는 것은 곧 행동을 취하는 것이다. 구슬이 서 말이라도 꿰어야 보배라는 말도 있듯이, 머릿속에 아무리 온갖 생각이 다 들어 있어도 그것을 행동으로 옮기지 않으면 아무 소용도 없다. 생각만 있고 행동이 따르지 않을 경우, 겉으로 드러나는 현상도, 결과나 대가도 없다.

이에 대한 좋은 예로 영화 〈포레스트 검프Forrest Gump〉가 있다. 주인공인 포레스트 검프는 뛰어난 머리는 지니지 못했지만 행동할 줄 알았다. 그는 항상 무슨 일이든 최선을 다했기 때문에 행복했다. 또 아무런 대가를 바라지 않았음에도 후하게 보상을 받았다. 행동하는 것은 살아 있다는 말이다. 또 밖으로 나가서 용감하게 자신의 꿈을 표현한다는 뜻이다. 그렇다고 해서 자신의 꿈을 다른 사람한테 강요한다는 말은 아니다. 남녀노소를 불문하고 모든 사람에게는 자신의 꿈을 표현할 권리가 있다.

최선을 다하는 것은 대단히 훌륭한 습관이다. 나는 내가 하는 모든 것과 내가 느끼는 모든 것에 최선을 다한다. 최선을 다하는 것은 내 삶에서 하나의 의식儀式이 되었는데, 이는 내가 그렇게 하겠다고 선택했기 때문이다. 그것은 내가 선택한 다른 믿음들과 마찬가지로 내게는 또 하나의 믿음이다. 나는 모든 일을 경건한 의식으로 여기고 항상 최선을 다한다. 내게는 샤워하는 것도 하나의 의식인데, 나는 샤워를 하면서 내 몸에게 내가 얼마나 사랑하는지 말해준다. 그러면서 내 몸에 흐르는 물줄기를 느끼고 즐거워한다. 나는 내 몸의 욕구를 충족시키기 위해 최선을 다한다. 내 몸이 필요로 하는 것을 주고, 내 몸이 내게 주는 것을 받기 위해 최선을 다한다.

인도 사람들은 '푸자puja'라는 힌두교 예배 의식을 거행할 때, 신을 상징하는 다양한 형태의 신상神像을 가져와 그것들을 목욕시키고 음식을 먹이며, 그 신상들에게 자신의 사랑을 바친다. 심지어 이들 신상을 위해 만트라mantra라는 주문을 읊기도 한다. 신상 자체는 중요한 것이 아니다. 정말로 중요한 것은 그들이 의식을 거행하는 방식, 즉 "신이시여, 저는 당신을 사랑하나이다"라고 말하는 방식이다.

신은 생명이다. 신은 행동하는 생명이다. "신이시여, 저는 당신을 사랑하나이다"라고 말하는 최선의 방법은 최선을 다해 자신의 삶을 살아가는 것이다. "신이시여, 감사하나이다"라고 말하는 최선의 방법은 과거는 흘러가도록 내버려둔 채 현재를, 지금 이 순간 이곳에서의 삶을 살아가는 것이다. 당신 삶에서 떠나는 것이 무엇이든 그냥 떠나도록 내버려두라. 과거에 대한 미련을 버리고 그냥 흘러가도록 내버려둘 때, 당신은 지금 이 순간을 충만하게 살아갈 수 있을 것이다. 과거를 흘려버릴 수 있다는 것은 지금 이 순간 벌어지는 꿈을 즐길 수 있다는 뜻이다.

만일 당신이 과거의 꿈속에 살고 있다면 당신은 지금 이 순간 일어나고 있는 일들을 즐길 수 없다. 당신은 항상 지금 일어나는 일들이 현재와는 다르기를 바랄 것이기 때문이다. 당신은 현재 살아 있기 때문에 과거의 어느 누구도, 무엇 하나도 아쉬워할 시간이 없다. 지금 이 순간 일어나고 있는 일들을 즐기지 않는다는 것은 과거 속에 살면서 절반만 살아 있다는 뜻이다. 이것은 결국 자기 연민과 고통과 눈물로 이어진다.

당신은 행복하게 살 권리를 가지고 태어났다. 또 사랑하고, 즐기고, 사랑을 나눌 권리를 가지고 태어났다. 당신은 살아 있다. 그러니 당신의 생명을 받아들여서 마음껏 즐기도록 하라. 당신을 통과하고 있는 생명을 거부하지 마라. 신이 당신을 통과하고 있는 것이다. 당신의 존재만이 신의 존재를 증명한다. 당신이라는 존재가 생명과 에너지의 존재를 증명하는 것이다.

우리는 어떤 것도 알아야 하거나 증명할 필요가 없다. 그저 살아 있으면서 위험을 무릅쓰고 삶을 즐기는 것만이 중요하다. '아니요'라고 말하고 싶을 때에는 '아니요'라고 말하고, '예'라고 대답하고 싶을 때에는 '예'라고 대답하라. 당신은 당신 자신으로 존재할 권리가 있다. 단, 당신이 최선을 다할 때에만 당신으로 존재할 수 있다. 당신이 최선을 다하지 않는다는 것은 스스로 당신으로 존재할 권리를 거부한다는 뜻이다. 이 약속이야말로 당신이 마음속에서 잘 키우고 보살펴야 할 씨앗이다. 당신은 훌륭한 학식이나 거창한 철학적 개념을 필요로 하지 않는다. 다른 사람들로부터 인정받을 필요도 없다. 당신은 살아 있으면서 자기 자신을 사랑하고 다른 사람을 사랑함으로써 당신 자신의 신성神性을 드러낸다. 이것이 바로 신이 "여보게, 나는 자네를 사랑한다네"라고 표현하는 방식이다.

앞서 나왔던 세 가지 약속은 당신이 최선을 다할 때에만 효과를 발휘할 수 있다. 당신이 항상 말로 죄를 짓지 않을 수 있으리라고는 기대하지 마라. 당신의 평소 습관은 너무나 굳건하고 단단하게 마음속에 뿌리박혀 있다. 그래도 당신은 최선을 다할 수 있다. 절대로 어떤 것도 자신의 문제로 받아들이지 않으리라고는 기대하지 마라. 다만 최선을 다하도록 하라. 다시는 절대로 추측하는 일이 없으리라고 기대하지 마라. 그래도 당신은 틀림없이 최선을 다할 수 있을 것이다.

최선을 다하다 보면 말을 잘못 사용하고, 어떤 일을 자신의 문제로 받아들이고, 제멋대로 추측하는 버릇이 점점 약화되고 줄어들 것이다. 따라서 이 약속들을 지키지 못한다고 해서 자신을 심판하거나 죄의식을 느끼거나 자신을 벌 줄 필요가 없다. 정말로 최선을 다하고 있다면 당신은 자신을 만족스럽게 여길 것이다. 설사 여전히 제멋대로 추측하고, 여전히 어떤 일이든 자신의 문제로 받아들이고, 여전히 말로 죄를 짓고 있더라도 말이다.

만일 당신이 항상, 몇 번이고 거듭해서 최선을 다한다면 당신은 변신의 달인이 될 것이다. 달인은 연습을 통해 이루어진다. 최선을 다함으로써 당신도 달인이 될 수 있다. 그동안 당신이 배운 모든 것은 반복을 통해 익힌 것이다. 쓰기, 운전하기는 물론 걷는 것까지도 반복 학습을 통해 배웠다. 당신은 연습 덕분에 모국어를 유창하게 구사하는 달인이 되었다. 그러므로 정말 중요한 것은 행동이다.

만일 당신이 자유를 찾기 위해, 자신을 사랑하는 방법을 찾기 위해 최선을 다한다면 당신이 원하는 것을 찾는 것은 시간 문제일 뿐이다. 그것은 백일몽을 꾸거나 몇 시간씩 가부좌를 틀고 앉아 참선한다고 되는 일이 아니다. 대신 자리를 털고 일어나 인간으로 존재해야 한다. 당신은 당신이라는 남자 혹은 여자에게 경의를 표해야 한다. 자신의 몸을 존중하고 즐기고 사랑해야 하며, 먹이고 씻기고 치료해주어야 한다. 또한 운동도 하고, 자기 몸을 기분 좋게 만드는 일도 해야 한다. 이것이야말로 자신의 몸에 대한 '푸자'이고, 이러한 예배 의식을 통해 당신과 신 사이에 교감이 이루어진다.

당신은 성모 마리아상이나 예수 그리스도나 부처에게 예배를 드릴 필요가 없다. 물론 원한다면 그래도 좋다. 그렇게 해서 기분이 좋아진다면 그렇게 하도록 하라. 당신 자신의 몸이 곧 신의 현현顯現이니, 만일 당신이 자신의 몸을 찬미한다면 모든 것이 당신을 위해 변화할 것이다. 자신의 몸 구석구석을 사랑하는 연습을 하는 것은 곧 자신의 마음속에 사랑의 씨앗을 뿌리는 셈이다. 그리고 그 씨앗들이 자라면 당신은 자신의 몸을 한없이 사랑하고 찬미하고 존중하게 될 것이다.

그렇게 되면 당신의 모든 행동은 신을 찬미하는 의식이 된다. 그런 다음에는 모든 생각과 감정과 믿음으로, 심지어는 '옳거나 그른 것'으로까지 신을 찬미하는 단계가 된다. 모든 생각은 신과의 교감이 되고, 당신은 심판을 받거나 희생당하는 일 없이 남을 험담하거나 자신을 학대할 필요 없는 행복한 삶을 누리게 될 것이다.

우리가 이 네 가지 약속을 지키기만 한다면 절대로 지옥에서 살 일은 없을 것이다. 결코 그런 일은 있을 수 없다. 말로 죄를 짓지 않고 어떤 것도 자신의 문제로 받아들이지 않고, 함부로 추측하지 않고 항상 최선을 다한다면, 누구나 행복하고 아름다운 삶을 살 수 있을 것이다. 자신이 온전히 마음먹은 대로 자신의 삶을 영위할 수 있다.

이상 네 가지 약속은 변화에 통달하는 방법을 요약한 것으로 톨텍 인디언들 사이에 전해 내려오는 통달의 방법들 가운데 하나이다. 우리는 지옥을 천국으로 바꿀 수 있다. 지구의 꿈도 우리 개인의 천국의 꿈으로 변할 수 있다. 지혜는 멀리 있지 않다. 바로 우리 곁에서 우리가 사용해주기만을 기다리고 있다. 네 가지 약속도 바로 우리 눈앞에 있다. 그러므로 마음을 열고 이 약속들을 채택한 다음 그 의미와 효과를 존중하기만 하면 된다.

이 네 가지 약속을 지키기 위해 최선을 다하도록 하라. '나는 네 가지 약속을 지키겠다고 결심하노라'라고 오늘 당장 다짐할 수도 있다. 이것은 너무나 쉽고 간단한 내용이라 어린아이라도 충분히 이해할 수 있다. 단, 매우 강력한 의지, 이 약속들을 반드시 지키겠다는 철석같은 의지가 절대적으로 필요하다. 왜 그렇냐고? 우리가 가는 길에는 어디에나 무수한 장애물이 널려 있기 때문이다. 사람들은 하나같이 우리가 이 새 약속을 실천하지 못하도록 방해하는가 하면, 주위의 모든 것이 이 약속을 깨라고 우리를 부추긴다. 문제는 지구의 꿈의 일부분인 기존의 다른 모든 약속들이다. 그것들은 여전히 살아 있으며 매우 강력한 영향력을 발휘한다.

그렇기 때문에 우리는 필사적으로 네 가지 약속을 지킬 위대한 사냥꾼, 위대한 전사戰士가 되어야 한다. 우리의 행복과 자유, 우리의 모든 생활 방식이 여기에 달려 있다. 전사의 목표는 이 세상을 초월하는 것, 이 지옥에서 탈출해 다시는 돌아오지 않는 것이다. 톨텍 인디언들이 가르치는 것처럼 그 대가는 인간으로서 겪는 고통을 초월하고 신의 화신化身이 되는 것이다. 그것이 우리에게 주어진 보상이다.

이 네 가지 약속을 성공적으로 수행하기 위해서는 젖 먹던 힘까지 끌어낼 필요가 있다. 나도 처음에는 내가 그럴 수 있으리라고 기대하지 않았다. 그동안 수도 없이 넘어졌지만 그때마다 다시 일어나서 계속 나아갔다. 그러다가 또 넘어지면 그래도 다시 일어나 계속 나아갔다. 그러면서도 절대로 한탄하지 않았다. 한탄할 필요가 전혀 없었다. 대신 "비록 넘어져도 다시 일어날 만큼 나는 충분히 강하고 영리해. 그러니 해낼 수 있다고!"라고 중얼거리면서 다시 일어나 계속 나아갔다. 물론 처음에는 말할 수 없이 힘들고 고통스러웠다. 하지만 오뚝이처럼 넘어져도 다시 일어나서 계속 나아가기를 무수히 되풀이하다 보니, 한 번 그럴 때마다 다시 일어나서 나아가는 일이 점점 더 쉬워졌다.

그러니 만일 도중에 쓰러진다 해도 자신을 심판하지 마라. 판관이 당신을 희생자로 몰아넣고 희희낙락하게 하지 마라. 대신 스스로 강인해지라. 다시 일어나서 다짐하라. "좋아. 나는 말로 죄를 짓지 않겠다고 한 약속을 깼어. 하지만 이제부터 다시 시작할 거야. 오늘만이라도 네 가지 약속을 지킬 거야. 오늘 나는 말로 죄를 짓지 않고, 어떤 것도 내 문제로 받아들이지 않을 것이며, 어떤 추측도 함부로 하지 않고 모든 일에 최선을 다할 거야."

만일 오늘 약속을 어기면 내일 다시 시작하면 되고, 내일도 어기면 모레 다시 시작하면 된다. 처음에는 어렵겠지만 하다 보면 날마다 점점 더 쉬워질 테고, 마침내 언젠가는 우리가 이 네 가지 약속으로 우리 자신의 삶을 통제하는 날이 올 것이다. 그 순간 우리는 자신의 삶이 변화해온 방식에 놀라움을 금치 못할 것이다.

당신은 종교적일 필요도 없고 매일 교회에 나갈 필요도 없다. 당신의 사랑과 자존감도 무럭무럭 잘 크고 있다. 당신은 할 수 있다. 내가 해냈다면 당신 역시 충분히 해낼 수 있다. 미래에 대해 걱정하지 마라. 대신 현재에 집중하면서 지금 이 순간을 살아라. 한 번에 하루만 살아라. 네 가지 약속을 지키기 위해 '항상 최선을 다하라.' 그러면 얼마 지나지 않아 약속을 지키는 일도 수월해질 것이다. 오늘이야말로 새로운 꿈이 시작되는 첫날이다.

자유로 가는 길

과거의 약속 깨뜨리기

사람들은 누구나 자유에 대해 말한다. 전 세계적으로 다양한 민족과 다양한 인종, 수많은 국가의 사람들이 자유를 위해 싸우고 있다. 그렇다면 자유란 과연 무엇인가? 미국에 사는 사람들을 보고 자유로운 나라에서 산다고들 말한다. 그렇다면 우리는 정말로 자유로운 걸까? 본래 자기 자신으로 살 만큼 자유로울까? 물론 그 대답은 '아니요'이다. 우리는 자유롭지 않다. 진정한 자유는 인간의 영혼과 관련이 있다. 본래의 자기 자신으로 살 자유가 진정한 자유다.

누가 우리의 자유를 가로막는가? 사람들은 흔히 정부를 비난하고, 날씨와 부모와 종교를 탓하며 신을 원망한다. 그렇다면 정말로 누가 우리의 자유를 가로막는가? 바로 우리 자신이다. 자유롭다는 것은 과연 무슨 뜻일까? 간혹 결혼하고 나서 자유를 잃어버렸다고 말하는 사람들이 있다. 그런데 이혼하고 나서도 여전히 자유롭지 못한 건 마찬가지다. 무엇이 우리를 가로막는가? 왜 우리는 우리 자신으로 살지 못하는가?

우리는 오래전에 자유로웠고, 마음껏 그 자유를 누렸던 기억을 가지고 있다. 하지만 자유의 진정한 의미는 잊어버렸다.

두서너 살 먹은 어린아이에게서 우리는 자유로운 인간의 모습을 발견한다. 왜 이 아이는 자유로운 걸까? 그것은 이 아이가 자기가 하고 싶은 일은 무엇이든 다 하기 때문이다. 어린아이는 길들여지지 않은 야생 그대로이다. 꽃이나 나무, 길들여지지 않은 짐승과 똑같이 야생 그 자체다! 두 살 먹은 어린아이들을 관찰해보면, 아이들이 대부분의 시간 동안 얼굴 가득 함박웃음을 지으며 즐거워한다는 것을 알 수 있다. 그들은 세상을 탐험하고 있다. 그들은 노는 것을 두려워하지 않는다. 대신 다치거나 배가 고프거나 자기들의 욕구가 충족되지 않을 경우를 두려워한다. 그들은 과거에 대해 걱정하지 않고, 미래에 대해서도 신경 쓰지 않는다. 오로지 지금 이 순간을 살 뿐이다.

아주 어린 꼬마들은 자기 생각과 느낌을 표현하는 것을 두려워하지 않는다. 그들은 매우 다정하고 사랑스러워서 사랑을 지각하면 곧장 사랑 속으로 녹아들어간다. 그들은 사랑하는 것을 조금도 두려워하지 않는다. 이것이 바로 정상적인 사람들의 원래 모습이다. 누구든지 어릴 때에는 미래를 두려워하지 않고 과거를 부끄러워하지도 않는다. 인생을 즐기고, 놀고, 탐험하고, 행복해하고, 사랑하는 것이 정상적인 인간의 자연스러운 성향이다.

그런데 사람들이 어른이 되면서 무슨 일이 일어난 걸까? 어른이 되면서 왜 그렇게 달라진 걸까? 왜 더 이상 야생이 아닐까? 희생자의 관점에서 보면 우리에게 슬픈 일이 일어났다고 할 수 있고, 전사의 관점에서 보면 우리에게 일어난 일이 정상이라고 할 수 있다. 그러니까 우리에게 일어난 일이란, 우리가 법전을, 대판관을, 우리의 삶을 지배하는 희생자를 가지게 되었다는 것이다. 우리는 더 이상 자유롭지 못하다. 판관과 희생자와 신념 체계가 우리를 본래의 우리 자신으로 살도록 내버려두지 않는다. 일단 우리 마음속에 그 모든 쓰레기가 주입되면 우리는 더 이상 행복하게 살 수 없다.

한 사람에게서 다른 사람에게로, 한 세대로부터 다음 세대로 이어지는 이런 훈련의 사슬은 인간 사회에서는 지극히 정상이다. 부모가 자식들에게 그들을 닮으라고 가르쳤다고 해서 부모를 원망할 필요는 없다. 그들도 아는 게 그것밖에 없는데 달리 무엇을 가르칠 수 있겠는가? 그들도 나름대로 최선을 다했다. 만일 부모가 자식을 학대했다면 그들 역시 그렇게 길들여졌기 때문이며, 그들의 두려움과 믿음 때문이기도 하다. 그들은 자신의 마음속에 입력된 프로그램을 제어할 수 없기 때문에 도무지 달리 어떻게 해볼 방도가 없었던 것이다.

살아오는 동안 당신을 학대했다고 해서 당신 부모도, 그 누구도 원망할 필요는 없다. 물론 자기 자신도 탓하면 안 된다. 그나저나 이제는 학대를 그만두어야 할 시간이다. 당신이 지닌 약속들의 기반을 바꿈으로써 판관의 독재로부터 당신 자신을 해방시킬 시간이다. 희생자의 역할로부터 해방될 시간이라는 말이다.

우리의 참모습은 하나도 성장하지 않은, 여전히 어린아이 그대로의 모습이다. 때때로 그 어린아이가 밖으로 나올 때가 있다. 우리가 재미있는 일을 하거나 놀고 있을 때, 행복하다고 느낄 때, 그림을 그리거나 시를 쓰거나 피아노를 연주할 때, 또는 어떤 식으로든 우리 자신을 표현할 때가 바로 그 순간이다. 본래 자신의 모습이 밖으로 드러난 가운데 과거에 신경 쓰지 않고, 미래도 걱정하지 않는 이 시간이야말로 우리 삶에서 가장 행복한 순간들이다. 그때 우리의 모습은 어린아이처럼 천진난만하다.

그런데 이 모든 것을 변화시키는 것이 있으니, 이른바 책임이라는 것이다. 판관이 말한다. "잠깐만, 당신에게는 책임이 있고 해야 할 일이 있소. 직장에 다녀야 하고, 학교도 가야 되고 생활비도 벌어야 하오." 그러면 이 모든 책임이 마음속에 떠오르면서 우리 얼굴은 다시 심각한 표정으로 바뀐다. 어른 흉내를 내며 놀고 있는 아이들을 관찰해보면 아이들의 표정이 달라지는 게 눈에 띈다. "내가 변호사를 할게"라는 말을 하기가 무섭게 아이의 얼굴은 금세 어른의 얼굴로 바뀐다. 법정에 갔을 때 보는 바로 그 얼굴이다. 그리고 그게 바로 우리 자신의 얼굴이다. 우리는 여전히 어린아이인데, 그만 자유를 잃어버리고 말았다.

우리가 찾고 있는 자유는 본래의 우리 자신으로 존재할 수 있는 자유고, 우리 자신을 표현하는 자유다. 하지만 자기 삶을 가만히 들여다보면, 우리는 자기 자신을 만족시키는 삶을 살기보다는 그저 다른 사람들의 비위나 맞추고, 다른 사람들에게 인정받기 위해 대부분의 시간을 보내고 있다는 것을 알 수 있다. 이런 생활 방식이 바로 자신의 자유를 가로막는 걸림돌이다. 어쨌든 우리 사회뿐 아니라 전 세계 모든 사회에서 99.9퍼센트의 사람들이 철저하게 길들여진 채 살고 있다.

그런데 그보다 더 안타까운 것은 대부분의 사람들이 자신이 자유롭지 못하다는 사실조차 깨닫지 못한다는 점이다. 우리 내면에서 우리가 자유롭지 못하다고 속삭이는 소리가 들리지만, 우리는 그게 무슨 소리인지도 모르고, 왜 우리가 자유롭지 못하다는 건지 이해하지도 못한다.

대부분의 사람들에게 문제가 되는 것은, 그들이 살아오는 동안 판관과 희생자가 그들의 마음을 지배한다는 사실을 꿈에도 모른다는 점이다. 그러니 자유로워질 기회도 갖지 못할 수밖에. 따라서 자유로 향하는 첫 번째 단계는 문제를 인식하는 것이다. 자유로워지기 위해서는 우선 자신이 자유롭지 못하다는 사실부터 깨달아야 한다.

문제를 해결하기 위해서는 문제가 무엇인지 알 필요가 있다. 어떤 일이든 문제를 인식하는 것이 가장 기본이 되는데, 문제가 무엇인지 깨닫지 못한다면 아무것도 변화시킬 수 없기 때문이다. 우리 마음이 상처투성이요, 감정의 독으로 가득 차 있다는 걸 깨닫지 못한다면, 우리는 그 상처를 깨끗이 씻고 치료하는 일을 시작할 수 없으며 계속해서 고통을 겪을 수밖에 없다.

그렇지만 우리는 고통을 겪어야 할 이유가 없다. 대신 문제를 깨닫고 거기에 저항하면서 "이걸로 충분해!"라고 선언한 뒤에 문제를 해결하고 우리의 꿈을 변화시킬 방법을 찾을 수 있다. 지구의 꿈이란 꿈에 불과한 것으로서 실제로 존재하는 것도 아니다. 우리가 꿈속으로 들어가서 그동안의 믿음에 도전하기 시작한다면, 우리에게 상처를 주었던 대부분의 믿음들이 사실조차 아니라는 걸 알게 될 것이다. 아무것도 아닌 것 때문에 우리가 그토록 오랜 세월 동안 고통에 시달렸다는 걸 깨닫게 될 것이다. 왜 그랬을까? 우리 마음속에 자리 잡고 있는 신념 체계가 거짓에 바탕을 둔 것이기 때문이다.

그러므로 우리가 자신의 꿈에 통달하는 일은 매우 중요하다. 톨텍 인디언들이 꿈의 달인이 된 이유도 바로 그것이다. 우리의 삶은 우리의 꿈이 구현된 것으로, 하나의 예술이라고 할 수 있다. 따라서 꿈이 마음에 들지 않으면 언제든지 자신의 삶을 바꿀 수 있다. 꿈의 달인들은 삶의 걸작을 창조한다. 그들은 선택을 통해 꿈을 지배한다. 모든 일에는 결과가 있기 마련인데 꿈의 달인은 그 결과를 알고 있다.

톨텍 인디언처럼 산다는 것은 지도자도 추종자도 없는 하나의 삶의 방식으로, 다들 자신만의 진리를 지닌 채 그 진리에 따라 살아가는 삶이다. 다시 말해, 사람이 지혜로워지고 타고난 본래의 모습으로 돌아가며 다시 자유로워진다는 뜻이다.

톨텍 인디언처럼 되기 위해서는 세 가지에 통달해야 한다. 첫째는 '깨달음에 통달하기'다. 이것은 자신이 정말 누구인지 온 힘을 다해서 깨닫는 것이다. 둘째는 '변화에 통달하기'로 어떻게 자신을 변화시킬지, 어떻게 길들여진 상태에서 벗어날지에 통달해야 한다. 셋째는 '의지에 통달하기'다. 톨텍 인디언의 관점으로 볼 때, 의지란 에너지의 변형을 가능하게 하는 생명의 한 부분이다. 모든 에너지를 균일하게 아우르는 살아 있는 생명체로서 우리가 '신'이라고 부르는 존재이다. 의지는 생명 자체이며 무조건적인 사랑이다. 그러므로 '의지에 통달하기'란 곧 사랑에 통달하는 것이다.

톨텍 인디언이 자유로 가는 길을 살펴보면, 그들이 길들여진 상태에서 자유롭게 벗어날 수 있도록 안내하는 전체 지도를 가지고 있음을 알 수 있다. 그들은 판관과 희생자와 신념 체계를 인간의 마음을 공격하는 기생충에 비유한다. 그들의 관점으로 보면 길들여진 인간은 누구나 다 병들었다고 할 수 있다. 말하자면 마음과 머리를 지배하는 기생충 때문에 병든 것이다. 그런데 그 기생충은 두려움에서 비롯된 부정적 감정을 먹고 자란다.

기생충의 생태를 자세히 살펴보면, 다른 생명체에 빌붙어 사는 생명체라는 것을 알 수 있다. 숙주에게 도움이 될 만한 보답은커녕 숙주의 영양분을 빨아먹으면서 숙주에게 서서히 상처를 입히는 존재다. 그런데 판관, 희생자, 신념 체계의 특징이 바로 이 기생충의 생태와 너무나 똑같다. 이 세 가지는 함께 어울려서 초자연적 에너지 또는 감정의 에너지로 만들어진 생명체를 구성하는데, 그 에너지는 살아 있다. 물론 이것은 물리적 에너지가 아니며 감정 역시 물리적 에너지가 아니다. 우리의 꿈도 물리적 에너지는 아니지만 그래도 우리는 꿈이 존재한다는 것을 안다.

뇌의 역할 가운데 하나가 물리적 에너지를 감정적 에너지로 바꾸는 것이다. 사람의 뇌는 감정을 생산해내는 공장이다. 그리고 마음의 가장 중요한 역할은 꿈을 꾸는 것이다. 톨텍 인디언들은 판관, 희생자, 신념 체계 같은 기생충이 사람의 마음을 지배한다고 믿는다. 그것들이 우리의 꿈을 지배하고 있다는 것이다. 기생충은 우리 마음을 이용해 꿈을 꾸고 우리 몸을 이용해 삶을 이어간다. 또 두려움에서 비롯된 감정을 먹고 살아가며, 골치 아픈 사건과 고통 위에서 번성한다.

우리가 추구하는 자유는 우리 자신의 몸과 마음을 사용하고, 우리에게 주입된 신념 체계를 따르는 대신 우리 자신의 삶을 살아가는 것이다. 판관과 희생자가 우리 마음을 지배하고, 진정한 '자아'가 위기에 몰렸다는 걸 알았을 때, 우리가 선택할 수 있는 경우는 두 가지밖에 없다. 하나는 지금 그대로 계속 살아가는 것이다. 판관과 희생자에게 굴복한 채 지구의 꿈속에서 사는 것이다. 나머지 하나는 부모가 우리를 길들이려고 하던 어린 시절에 하던 대로 "싫어요!"라고 반항하는 것이다. 우리는 기생충에 저항하는 전쟁, 판관과 희생자에게 저항하는 전쟁을 선언할 수 있다. 우리 자신의 독립을 위한 전쟁, 우리 자신의 마음과 두뇌를 사용할 권리를 쟁취하기 위한 전쟁을 선포할 수 있다.

캐나다에서 아르헨티나에 이르는 아메리카 대륙의 온갖 무속 전통에서 사람들이 스스로를 전사라고 부르는 이유가 바로 이것이다. 그들은 자기 마음속의 기생충과 전쟁을 치르고 있는 것이다. 이것이 전사의 진정한 의미다. 전사는 기생충의 침투에 반항하는 존재다. 따라서 기생충에 저항해 전쟁을 선포한다. 하지만 전사가 되는 것이 항상 이긴다는 뜻은 아니다. 우리는 이길 수도 있고 질 수도 있다. 그러나 최선을 다한다면 적어도 다시 자유로워질 기회는 갖게 되는 셈이다. 이 길을 선택하면 우리는 최소한 저항하는 존재로서의 위엄을 지닐 수 있다. 또 속수무책으로 자신의 변덕스러운 감정과 남들의 해로운 감정의 희생양이 되지 않을 것이다. 그리고 설사 기생충이라는 적에게 굴복한다 할지라도, 우리는 찍 소리도 못 하고 단번에 항복해버릴 희생자들과는 한통속이 되지 않을 것이다.

잘만 하면 우리는 전사가 되어 지구의 꿈을 초월할 수도 있고, 우리 자신의 꿈을 이른바 '천국'이라고 불리는 꿈으로 변화시킬 기회도 얻을 수 있다. 지옥과 마찬가지로 천국 또한 우리 마음속에 존재한다. 천국은 기쁨이 넘치는 행복한 곳으로, 우리가 자유롭게 사랑하고 진정한 자기 자신으로 살 수 있는 곳이다. 우리는 죽을 때까지 기다릴 필요도 없이 살아 있는 동안 천국에 도달할 수 있다. 신은 지금 이 순간에도 우리 곁에 있고, 천국은 이 세상 어디에나 존재한다. 하지만 먼저 우리에게 그 진실을 보고 들을 수 있는 눈과 귀가 필요하다. 아울러 우리 눈을 멀게 하고 귀를 먹게 하는 기생충으로부터 자유로워질 필요가 있다.

기생충은 머리가 천 개 달린 괴물에 비유할 수 있다. 그 머리 하나하나가 우리가 품은 두려움을 상징한다. 따라서 자유로워지기를 바란다면 기생충을 박멸해야 한다. 이를 위한 첫 번째 해결책이 기생충의 머리를 하나씩 하나씩 공격하는 것이다. 그러니까 자신의 두려움에 하나씩 하나씩 맞서야 한다는 뜻이다. 시간은 걸리겠지만 효과는 괜찮다. 자신의 두려움에 맞서 하나씩 해결해나갈 때마다 우리는 그만큼 더 자유로워진다.

두 번째 해결 방법은 기생충에게 더 이상 먹이를 제공하지 않는 것이다. 기생충에게 어떤 먹이도 주지 않는다면 그것은 결국 굶어 죽을 것이다. 이렇게 하기 위해서는 자신의 감정을 통제할 수 있어야 하고, 두려움에서 비롯된 감정에 기름 붓는 일을 자제해야 한다. 이것은 말하기는 쉬워도 실천하기는 매우 어려운 일이다. 판관과 희생자가 우리 마음을 지배하기 때문이다.

세 번째 해결책은 '죽음의 의식儀式'이라고 불리는 것이다. 죽음의 의식은 이집트, 인도, 그리스, 아메리카 대륙 등 전 세계적으로 수많은 전통과 비교秘敎에서 그 예를 찾아볼 수 있다. 이것은 사람의 신체를 훼손하지 않고 마음속의 기생충을 박멸하는 상징적 죽음이다. 우리가 상징적으로 '죽으면' 기생충도 죽을 수밖에 없다. 이것은 앞의 두 가지 방법보다 신속하긴 하지만 실제로 행하기는 훨씬 더 어렵다. 죽음의 천사와 대면하기 위해서는 엄청난 용기가 필요하고, 대단히 강인해야 하기 때문이다.

이 세 가지 해결책을 하나하나 좀 더 자세히 살펴보도록 하자.

변화의 기술 : 새로운 꿈

앞서 우리는 지금 우리가 꿈속에 살고 있고, 이 꿈은 외부의 꿈의 결과라고 배웠다. 외부의 꿈은 우리의 주의를 끌어 우리에게 온갖 믿음을 심었으며, 그 결과 우리는 지금의 꿈을 가지게 되었다. 길들이기 과정은 '첫 번째 꿈'이라고 할 수 있다. 우리의 첫 번째 꿈을 만들기 위해 우리의 관심이 처음으로 사용된 곳이 바로 길들이기 과정이기 때문이다.

우리의 믿음을 바꾸는 첫 번째 방법은 우리의 관심을 온통 과거의 약속과 신념들에 집중시킨 다음 스스로 약속을 바꾸는 것이다. 이러는 과정에서 우리는 두 번째로 우리의 관심을 사용해 '두 번째 꿈' 혹은 새로운 꿈을 만들어낸다.

첫 번째 꿈과의 차이는 이제 그 결과에 대해 우리가 책임을 져야 한다는 점이다. 어렸을 때에는 아무런 책임을 질 필요가 없었다. 우리에게 선택권이 없었기 때문이다. 하지만 이제 우리는 더 이상 어린아이가 아니다. 무엇을 믿고 무엇을 안 믿을지 선택하는 문제는 이제 우리에게 달려 있다. 우리는 우리 자신을 비롯해 그 어떤 것을 믿겠다고 선택해도 괜찮다.

첫 번째 단계는 우리 마음속의 안개를 깨닫는 것이다. 우리가 줄곧 꿈속을 헤매고 있었다는 사실을 깨달아야 한다. 그런 깨달음이 있어야 꿈을 변화시킬 가능성도 생긴다. 자신의 삶에서 일어난 모든 골치 아픈 사건이 전부 자기 믿음의 결과라는 사실을, 그나마 그 믿음이라는 것도 알고 보면 실제가 아니라는 것을 깨달은 뒤에야 그것을 변화시킬 수 있다. 그렇지만 자신의 믿음을 정말로 바꾸기 위해서는 자신이 바꾸고 싶은 대상에 온통 주의를 집중할 필요가 있다. 약속을 바꾸기 전에 바꾸고 싶은 약속이 어떤 것들인지 알아야 한다.

따라서 다음 단계는, 자신을 제약하는 모든 믿음을 좀 더 정확하게 파악하는 것이다. 두려움에 기초한 그 믿음들이 우리를 불행하게 만들기 때문이다. 우리가 믿는 모든 것과 모든 약속에 대한 목록을 작성하다 보면, 이 과정을 통해 변화가 시작된다는 것을 알 수 있다. 톨텍 인디언들은 이것을 변화의 기술이라고 부르는데, 이것이야말로 온전한 통달이다. 우리는 우리에게 고통을 주는, 두려움에서 비롯된 약속들을 바꾸고, 자신의 마음을 자기만의 방식으로 새 프로그램으로 재정비하여야 변화에 통달할 수 있다. 이것을 달성하는 방법 가운데 하나가 네 가지 약속과 같은 새로운 대안을 강구하고 그것을 자신의 신념으로 선택하는 것이다.

네 가지 약속을 선택하기로 결심하는 것은 자신의 자유를 되찾기 위해 기생충과의 전쟁을 선포한다는 말이다. 네 가지 약속은 감정의 고통을 종식시킬 수 있는 가능성을 제공하면서 자신의 삶을 즐기고 새로운 꿈을 시작할 수 있는 문을 열어줄 수 있다. 구미가 당긴다면, 이제 새로운 꿈의 가능성을 탐색하는 일은 우리 자신에게 달려 있다. 네 가지 약속은 우리를 돕기 위해 만들어진 것으로, 자신을 제약하는 약속들을 깨뜨리고 자신의 힘을 좀 더 강화시키도록 도와줄 것이다. 우리가 강해지면 강해질수록 우리는 좀 더 많은 약속을 깨뜨릴 수 있으며, 결국 모든 약속을 산산조각 낼 수 있을 것이다.

과거의 약속들을 철저히 깨부수는 과정을 나는 '사막으로 들어가기'라고 부른다. 사막으로 들어가면 우리는 우리 자신의 악마와 정면으로 마주 서야 한다. 하지만 사막에서 나올 때쯤이면 그 모든 악마는 천사로 바뀌어 있다.

새로운 네 가지 약속을 실천하기 위해서는 막강한 힘이 요구된다. 마음속에 버티고 있는 사악한 마술의 주문을 깨뜨리기 위해서는 엄청난 힘이 필요하다. 대신 과거의 약속을 하나씩 깨뜨릴 때마다 우리에게 그만큼 힘이 생긴다. 따라서 처음에는 힘이 덜 드는 아주 작은 약속부터 깨뜨리기 시작하는 게 좋다. 그런 자잘한 약속들이 깨질 때마다 우리의 힘은 점점 더 증가하고, 마침내 우리가 마음속의 커다란 악마와 정면으로 대결할 수 있는 날이 올 것이다.

예를 들면, 노래를 부르지 말라고 야단을 맞았던 소녀는 스무 살이 되어도 여전히 노래를 부르지 않는다. 그런 그녀가 자신의 목소리가 형편없다는 믿음을 극복할 수 있는 방법은 "좋아, 돼지 멱따는 소리일망정 한번 노래를 불러볼 거야"라고 결심하는 것이다. 그런 다음 누군가 박수를 치면서 "와! 정말 아름다운 노래네요!"라고 자신을 칭찬한다고 상상해보는 것이다. 이렇게 하면 그녀는 자신의 믿음을 눈곱만큼은 깨뜨릴 수 있다. 하지만 잘못된 믿음은 여전히 마음속에 버티고 있을 것이다. 이제 그녀는 전보다 좀 더 힘과 용기를 내서 다시 한 번 노래를 부를 수 있게 되고, 자꾸 그러다 보면 마침내 그녀가 그 믿음을 완전히 팽개치는 날이 올 것이다.

이것이 지옥의 꿈을 벗어나는 한 가지 방법이다. 하지만 우리를 고통스럽게 만든 약속을 하나씩 깰 때마다, 그 약속을 대신할 새로운 약속을 마련해야 한다. 물론 우리를 행복하게 해줄 수 있는 것이어야 한다. 이 새로운 약속이 예전의 약속이 돌아오지 못하도록 막아줄 것이다. 과거의 약속이 차지하던 자리를 새로운 약속으로 대체할 경우, 과거의 약속은 영원히 사라지고 그 자리를 새로운 약속이 차지할 것이다.

그런데 우리 마음속에는 온갖 믿음이 끈질기게 버티고 있으면서 이런 과정을 불가능한 것으로 여기도록 한다. 이것이 바로 단계별로 차근차근 실천해나가면서 스스로에 대해 인내심을 가져야 하는 이유다. 그만큼 느릿느릿 진행되는 과정이기 때문이다. 우리가 현재 살아가는 방식은 오랜 세월에 걸쳐 길들여진 결과다. 따라서 하루아침에 길들여진 상태에서 벗어나리라고 기대할 수는 없다. 약속을 깨뜨리는 것은 매우 어려운 일이다. 예전에 맺었던 모든 약속에 우리가 말의 힘, 곧 우리 자신의 의지의 힘을 쏟아부었기 때문이다.

약속을 바꾸는 데에는 그 약속을 맺을 때만큼의 힘이 필요하다. 맺을 때보다 적은 힘을 들여서는 도저히 약속을 바꿀 수 없다. 우리 힘의 거의 대부분은 자신과 맺은 약속을 지키는 데 투입된다. 사실상 이 약속들이 강력한 중독이나 다름없기 때문이다. 우리는 현재 자신의 상태에 중독되어 있다. 분노와 질투와 자기 연민에 중독되어 있다. 또 "나는 괜찮은 사람이 못 돼. 똑똑하지도 않아. 그러니 뭐하러 힘을 빼? 나보다 잘난 사람들이 알아서 할 텐데"라는 잘못된 믿음에 중독되어 있다.

우리가 우리 삶의 꿈을 지배하는 이런 과거의 약속들에 중독된 것은 우리가 그것들을 자꾸 반복한 결과다. 그러므로 네 가지 약속을 자신의 것으로 만들기 위해서는 반복적으로 실천하는 일이 필요하다. 일상생활에서 새로운 약속을 반복적으로 실천하다 보면 최선의 질적 수준도 한층 더 향상될 것이다. 반복 학습이 달인을 만든다.

전사의 훈련 : 자신의 행동 통제하기

어느 날 아침, 당신이 새로 시작하는 하루에 대한 열정에 넘

쳐서 아침 일찍 잠에서 깼다고 상상해보라. 당신은 무척 기분이 좋고 행복할 뿐 아니라 그날을 맞이할 에너지도 충만한 상태다. 그런데 아침 식탁에서 당신 배우자와 한판 크게 붙자, 걷잡을 수 없는 분노의 감정이 홍수처럼 밀려온다. 당신은 미칠 듯 화가 나고 흥분한 상태에서 상당한 에너지를 소모한다. 싸움이 끝난 다음에는 기진맥진하여 그냥 어디엔가 숨어서 울고 싶기만 할 것이다. 실제로 당신은 너무 지친 나머지 방으로 가서 침대에 쓰러져 몸과 마음을 추스르려고 노력한다. 그리고 하루 종일 떨떠름한 감정에 휩싸여 보낸다. 그날 하루를 버틸 수 있는 기력도 의욕도 모조리 바닥난 채 그저 모든 일에서 도망치고 싶어 한다.

매일 아침 우리는 그날 하루를 살아갈 수 있을 정도의 정신적, 감정적, 신체적 에너지를 가지고 잠에서 깨어난다. 그런데 걷잡을 수 없는 분노의 감정 때문에 에너지가 고갈된다면, 자신의 삶을 변화시키거나 다른 사람에게 나누어줄 에너지가 남아 있을 리 없다.

사람들이 세상을 바라보는 시각은 그 순간 자신이 느끼고 있는 감정에 좌우된다. 화가 나 있을 경우에는 우리 주변의 모든 세상이 다 엉망진창이고, 제대로 된 것이 하나도 없는 것처럼 보인다. 그 결과 우리는 날씨를 비롯해 모든 것을 탓한다. 비가 오면 오는 대로, 해가 뜨면 뜨는 대로 맘에 드는 게 하나도 없다. 슬플 때에는 주변의 모든 것이 다 슬퍼 보이면서 우리를 눈물짓게 만든다. 나무를 봐도 슬프고 비를 봐도 슬프며, 모든 게 다 슬프기 짝이 없다. 어쩌면 우리는 상처 받기 쉬운 성격인 데다 누가, 언제, 어디서 우리를 공격할지 모르기 때문에 자신을 방어할 필요가 있을지도 모른다. 그 결과 우리는 우리 주변의 어느 누구도, 무엇 하나도 신뢰하지 못한다. 이 모든 것이 다 두려움에 찬 눈으로 세상을 보기 때문이다!

인간의 마음이 당신의 피부와 똑같다고 상상해보라. 누구나 건강한 피부를 만지면 기분이 매우 좋다. 당신의 피부는 감각을 느낄 수 있는데 그 촉감이 아주 좋다. 이번에는 당신 피부가 상처 나고 감염되었다고 상상해보라. 상처 난 피부를 만지면 아프기 때문에 당신은 피부를 감싸고 보호하려고 애쓴다. 또 남들이 만지는 것도 싫다.

이제 모든 사람이 이와 같은 피부병에 걸렸다고 상상해보라. 만지면 아프니까 아무도 서로 만질 수 없을 것이다. 또 사람들이 하나같이 피부에 상처가 있으므로 감염된 것도 정상으로 보이고 아픈 것도 정상으로 보인다. 그러면서 '사람은 다 그런가 보다'라고 믿게 된다.

온 세상 사람들이 모두 이런 피부병에 걸렸다면 사람들이 서로에게 어떻게 행동할지 상상할 수 있는가? 아무도 서로 껴안으려 들지 않을 것이다. 그렇게 하자면 너무 고통스러울 테니까. 따라서 사람들 사이에 상당한 거리를 둘 필요가 있을 것이다.

인간의 마음도 바로 이 감염된 피부와 똑같다. 모든 사람이 온통 감염된 상처로 뒤덮인 감정의 몸을 가지고 있다. 모든 상처가 증오, 질투, 슬픔, 분노처럼 우리를 고통스럽게 만드는 감정의 독에 감염되어 있다. 누군가 부당한 행동으로 우리 마음속의 상처를 건드리면 우리도 감정의 독으로 반응을 보인다. 우리 나름대로 부당함이나 정당함에 대한 개념이나 믿음을 가지고 있기 때문이다. 사람들은 흔히 상처로 얼룩진 마음을 정상이라고 생각한다. 길들여지는 과정에서 너무 많은 상처를 받고 독으로 가득 채웠기 때문이다. 아무리 그렇더라도 이것은 결코 정상이 아니다.

우리는 문제가 다분한 지구의 꿈을 지니고 살면서 두려움이라고 불리는 병에 걸려 정신적으로 아픈 상태다. 이 병의 증상은 인간을 고통스럽게 만드는 모든 감정, 즉 분노, 질투, 슬픔, 증오, 배신과 같은 것들이다. 두려움이 극도로 심해지면 사람은 이성적 사고를 잃는데 이것이 이른바 정신 질환이다. 마음이 극심한 공포에 질려 있고, 상처가 너무 고통스러운 나머지 바깥세상과 접촉을 끊는 게 더 나은 것처럼 보일 때, 정신병적인 행동이 튀어나온다.

이런 마음의 상태를 병으로 볼 수 있다면 당연히 치료법도 찾을 수 있을 것이다. 우리는 더 이상 고통 받을 필요가 없다. 그러기 위해서는 먼저 감정의 상처를 들추어내어 독을 끌어내고 깨끗이 치료해야 한다. 그렇다면 어떻게 해야 할까? 내게 잘못했다고 생각하는 사람들을 깨끗이 용서해야 한다. 그들이 용서받을 자격이 있어서가 아니라, 소중한 자기 자신에게 계속해서 그런 부당한 고통을 겪게 하고 싶지 않기 때문이다.

용서만이 유일한 치료 방법이다. 자기 자신에 대한 측은지심 때문에 다른 사람을 용서할 수 있는 것이다. 그러면 상대방에 대한 원한을 털어버리고 이렇게 선언할 수 있다. "됐어! 나는 이제 더 이상 나 자신을 심판하는 대판관이 되지 않을 거야. 더 이상은 나 자신을 못 살게 굴거나 학대하지 않을 거야. 더 이상 희생자가 되지 않을 거라고."

그러려면 먼저 자신의 부모, 형제, 자매, 친구들, 그리고 신을 용서해야 한다. 일단 신을 용서하고 나면 결국 자기 자신도 용서할 수 있다. 또 자신을 용서하고 나면 마음속으로 자신을 거부하는 일도 더 이상 일어나지 않는다. 자신을 인정하기 시작하면 자신을 점점 더 깊이 사랑하게 되고 마침내 자신을 있는 그대로 받아들이게 될 것이다. 이것이 바로 자유로운 인간으로 나아가는 출발점이다. 그리고 용서가 그 열쇠다.

누군가를 용서하고 나면 그 사람을 보아도 더 이상 감정적인 반응이 나타나지 않는다. 그 사람의 이름을 들어도 전혀 유감스러운 생각이 들지 않는다. 누군가 당신의 상처를 건드렸는데도 더 이상 아프지 않다면, 당신이 그 사람을 진실로 용서했다는 뜻이다.

진실은 수술용 메스와 같다. 진실은 고통스럽나니, 이는 진실이 거짓으로 덮여 있던 모든 상처를 들추어내기 때문이다. 그래야만 치료될 수 있을 테니까. 우리는 이 거짓들을 '부인否認 제도'라고 부른다. 어찌 보면 이런 부인 제도가 있다는 것이 바람직해 보이기도 한다. 왜냐하면 그것 덕분에 사람들이 상처를 감춘 채 여전히 그럭저럭 살 수 있기 때문이다. 하지만 일단 우리에게 어떤 상처나 독이 남아 있지 않으면, 더 이상 거짓말을 할 필요도 없다. 부인 제도도 필요 없다. 건강한 피부와 마찬가지로 건강한 마음 또한 누가 건드려도 아프지 않다. 마음에 상처가 없을 때에는 오히려 누가 만져주는 것이 기쁘다.

대부분의 사람들이 지닌 문제는 자신의 마음을 통제할 수 없다는 점이다. 인간이 감정을 지배하는 게 아니라 감정이 인간의 행동을 지배한다. 따라서 감정 제어가 안 될 경우 우리는 본의 아니게 하고 싶지 않은 말을 하고, 하고 싶지 않은 행동을 저지르게 된다. 말로 죄를 짓지 않는 것이 왜 그렇게 중요하고,

우리가 왜 영혼의 전사가 되어야 하는지, 그 이유가 바로 여기에 있다. 그러므로 우리는 감정을 통제하는 법을 배워야 한다. 그래야만 두려움에서 비롯된 약속을 바꿀 수 있는 힘을 갖게 되고 지옥에서 벗어날 수 있으며, 우리 자신의 천국을 이룰 수 있다.

그렇다면 어떻게 해야 전사가 될 수 있을까? 어느 국가나 민족을 막론하고 전사는 거의 똑같은 특성을 지니고 있다. 즉, 문제가 무엇인지 알고 있다는 점인데 이것은 매우 중요한 특성이다. 우리도 우리가 전쟁 중임을, 마음속의 전쟁에 훈련이 필요하다는 사실을 알고 있다. 병사로서의 훈련이 아니라 전사로서의 훈련이……. 그런데 이 훈련은 외부에서 우리에게 무엇은 하고 무엇은 하지 말라고 지시하는 훈련이 아니라, 원래의 자기 자신이 어떻든 간에 우리 자신으로 돌아가는 훈련이다.

전사에게는 통제력이 있다. 다른 사람에 대한 통제력이 아니라 자신의 감정과 행동에 대한 통제력이다. 사람이 감정을 억압하는 것은 통제력을 잃었을 때이지 통제력을 발휘하고 있을 때가 아니다. 전사와 희생자의 가장 큰 차이는 희생자는 감정을 억압하는 데 비해 전사는 감정을 절제한다는 점이다. 희생자가 감정을 억누르는 이유는 감정을 들킬까 봐 두렵고 하고 싶은 말을 하는 게 두렵기 때문이다. 감정의 절제는 감정의 억압과는 차원이 다르다. 감정의 절제란 속으로 어떤 감정을 품고 기다리다가 너무 늦지도 빠르지도 않은 가장 적절한 순간에 그것을 표출하는 것이다. 전사가 말로 죄를 짓지 않는 이유도 바로 이런 능력 때문이다. 그들은 자신의 감정을 철저히 통제할 수 있기 때문에 당연히 자기 행동도 통제한다.

죽음의 의식 : 죽음의 천사 끌어안기

개인의 자유를 얻기 위한 마지막 방법은 죽음에 입문할 의식을 준비하면서 죽음 자체를 우리의 스승으로 모시는 것이다. 죽음의 천사는 우리에게 어떻게 하면 참다운 삶을 살 수 있는지 가르쳐준다. 그 결과 우리는 자신이 아무 때라도 죽을 수 있으며, 지금 이 순간만이 살아 있는 시간이라는 것을 깨닫게 된다. 실제로 우리는 내일 죽을지도 모른다. 과연 누가 알 수 있을까? 사람들은 자신의 미래가 창창하게 남아 있다고 생각한다. 그런데 정말 그럴까?

병원에 갔더니 의사가 앞으로 일주일밖에 살지 못한다고 한다면 과연 무엇을 할 것인가? 앞에서도 말했듯이 우리가 선택할 수 있는 길은 둘 중 하나밖에 없다. 하나는 곧 죽게 되리라는 생각으로 괴로워하면서 만나는 모든 사람에게 "아이고, 불쌍한 내 팔자야, 내가 곧 죽을 거래"라고 나팔을 불고 다니면서 실제로도 엄청난 비극적 사건을 만들어내는 것이다. 또 하나는 남아 있는 매 순간을 행복하게 살려고 애쓰면서 자신이 정말로 좋아하는 일을 하는 것이다. 만일 우리에게 앞으로 살 날이 일주일밖에 안 남았다면 남아 있는 시간이나마 즐겁고 신나게 지내도록 하자. "나는 이제 나 자신으로 살 거야. 더 이상 남의 비위나 맞추려고 애쓰면서 내 인생을 낭비하지 않을 거야. 남들이 나에 대해 뭐라고 생각하든 눈 하나 깜짝하지 않을 거야. 일주일 뒤면 죽을 텐데 남이 뭐라고 하든 말든 무슨 상관이야? 이제부터 나 자신으로 살 거라고."

죽음의 천사는 매일매일을 우리 인생의 마지막 날인 것처럼 살라고, 더 이상 내일이란 없는 것처럼 살라고 가르친다. 그러면 매일 아침 "오늘도 잠에서 깨어나 태양을 볼 수 있군. 아직도 내가 살아 있다니, 해님에게, 모든 사람에게, 또 모든 것에 감사해야겠어. 나 자신으로 하루를 더 살 수 있잖아!"라고 말할 수 있을 것이다.

'마음을 활짝 열고, 아무것도 두려워할 것이 없다는 사실을 알라.' 이것이 바로 내가 삶을 바라보는 방식이고, 죽음의 천사가 내게 깨우쳐준 진실이다. 물론 나는 내가 사랑하는 사람들을 사랑으로 대하고 있다. 어쩌면 오늘이 내가 당신을 얼마나 사랑하는지 모르겠다는 말을 할 수 있는 마지막 날일지도 모르니까 말이다. 다시는 당신을 볼 수 없을지도 모르는데 어떻게 당신과 싸울 수 있겠는가.

당신과 대판 싸우면서 당신에게 해로운 온갖 감정의 독을 뿜어냈는데, 당신이 그 다음 날 죽어버리면 어쩌라고? 하느님, 맙소사! 판관은 나를 인간 말종으로 취급할 테고, 나는 당신에게 퍼부었던 모든 말 때문에 죄책감에 사로잡힐 것이다. 심지어 당신에게 얼마나 사랑하는지 모르겠다는 말을 하지 않은 것까지 내 가슴을 후벼 팔 것이다. 나를 행복하게 해주는 사랑은 당신과 함께 나눌 수 있는 사랑이다. 내가 당신을 사랑한다는 사실을 굳이 부인할 필요가 뭐가 있는가? 당신도 나를 사랑하는지 여부는 별로 중요하지 않다. 내가 내일 죽을 수도 있고, 당신이 내일 죽을 수도 있다. 지금 이 순간 나를 행복하게 만드는 것은 내가 당신을 얼마나 사랑하는지 당신에게 알려주는 것이다.

당신도 이런 식으로 살 수 있다. 또 이렇게 함으로써 죽음이라는 통과의례를 받아들일 준비를 하게 된다. 이 통과의례를 치르고 나면 당신 마음속에 있던 과거의 꿈들은 영원히 소멸될 것이다. 물론 기생충, 즉 판관과 희생자, 그리고 자신이 믿었던 것들에 대한 기억은 남아 있겠지만, 그래도 기생충은 죽을 것이다.

죽음의 통과의례에서 죽게 되는 것이 바로 이 기생충이다. 이 의식을 치르기란 그리 쉬운 일이 아니다. 판관과 희생자가 온 힘을 다해 저항할 것이기 때문이다. 그들은 죽기를 바라지 않는다. 그 바람에 우리는 우리가 죽게 될 거라고 지레짐작하면서 죽음을 두려워한다.

지구의 꿈속에서 사는 것은 마치 죽은 것과 같다. 죽음의 의식을 무사히 통과한 사람은 누구든지 부활이라는 아주 훌륭한 선물을 받게 된다. 부활한다는 것은 죽음에서 일어나 다시 살되, 나 자신으로 사는 것이다. 부활은 어린아이처럼 되는 것으로, 야생적이고 자유로운 상태지만 둘 사이에는 차이가 있다. 부활의 경우, 단순한 천진난만함 대신 지혜를 동반한 자유를 누리는 것이 그 차이라고나 할까. 우리는 길들여진 상태를 박차고 나와 다시 자유로워지면서 우리 마음을 치유할 수 있다. 우리는, 기생충은 죽는 반면 우리는 건강한 마음과 온전한 이성을 지닌 채 여전히 살게 되리라는 것을 알면서 죽음의 천사에게 굴복한다. 그러고 나면 우리는 원하는 대로 우리의 마음을 조종하면서 삶을 영위할 수 있다.

톨텍 인디언의 지혜에 따르면, 이것이 바로 죽음의 천사가 우리에게 가르쳐준 것이다. 죽음의 천사는 우리에게 다가와 이렇게 말한다. "이 모든 것이 다 내 것이라는 걸 당신도 알고 있겠지. 당신의 집, 배우자와 자식들, 차, 직장, 돈 등 모든 게 다 내 것이니, 원하기만 하면 난 언제든지 이것을 가져갈 수 있어. 하지만 지금은 당신이 사용해도 좋아."

죽음의 천사에게 자신을 내맡긴다면 우리는 영원히 행복할 수 있다. 어떻게 그럴 수 있느냐고? 우리의 삶이 계속될 수 있도록 죽음의 천사가 과거를 가져가기 때문이다. 과거 속으로 사라지는 모든 순간마다 죽음의 천사는 죽음 부분을 계속해서 가져가고, 우리는 현재 이 순간을 계속해서 살게 되는 것이다. 그런데 기생충이 우리가 과거를 짊어진 채 살아가기를 바라는 바람에 우리의 삶이 그토록 힘든 것이다.

과거 속에서 살려고 한다면 어떻게 현재를 즐길 수 있단 말인가? 미래에 대한 꿈을 꾸면서 왜 과거의 짐을 짊어져야 한단 말인가? 도대체 우리는 언제쯤에나 현재 속에서 살게 된단 말인가? 죽음의 천사가 우리를 부추기며 가르치는 것이 바로 이것이다. 현재 속에서 살라!

새로운 꿈

지상 천국

당신이 그동안 배운 모든 것을 깨끗이 잊어버리기를 바란다. 이것이 새로운 언약, 새로운 꿈의 시작이다.

당신이 살고 있는 꿈은 당신이 만들어낸 작품이다. 그것은 마음만 먹으면 언제라도 바꿀 수 있는 당신 자신의 현실 인식이다. 당신에게는 지옥 또는 천국을 만들 수 있는 힘이 있다. 왜 다른 꿈을 꾸지 않는가? 왜 당신의 마음과 당신의 상상력과 감정을 천국을 꿈꾸는 데 사용하지 않는가?

당신의 상상력만 동원해도 엄청난 일이 일어날 수 있다. 당신이 원하기만 하면 이제까지와는 다른 눈으로 세상을 볼 수 있는 능력이 있다고 상상해보라. 그러면 새로 눈을 뜰 때마다 이제까지와는 다른 시선으로 당신 주변의 세상을 볼 수 있을 것이다.

이제 잠시 눈을 감았다가 다시 눈을 뜨고 사방을 둘러보라.

당신은 나무에서, 하늘에서, 햇빛에서 쏟아지는 사랑을 보게 될 것이다. 당신 주변의 모든 것으로부터 사랑을 느끼게 될 것이다. 이것이 곧 지복의 상태다. 당신은 당신 자신을 비롯한 모든 사람과 사물로부터 직접 사랑을 느낄 수 있다. 비록 사람들이 슬퍼하고 화가 났더라도 그런 감정들 이면에 그들이 보내는 사랑이 함께 실려 있음을 알 수 있다.

당신의 상상력과 새로운 지각의 눈을 이용해서 새로운 삶과 새로운 꿈속에서 살고 있는 당신 자신을 보라. 자신의 존재를 정당화시킬 필요 없이 자기 마음대로 본래의 자신이 될 수 있는 삶을 살고 있는 자신을.

당신이 행복하게 살면서 자신의 삶을 진정으로 즐길 수 있는 허가를 받았다고 상상해보라. 이제 당신의 삶은 당신 자신이나 다른 사람들과 갈등을 일으킬 필요가 없다.

당신이 자신의 꿈을 거리낌 없이 표현하면서 산다고 상상해보라. 당신은 자신이 무엇을 원하고 무엇을 원하지 않는지, 언제 그것을 원하는지 알고 있다. 또 당신이 정말로 원하는 방식으로 자신의 삶을 변화시킬 수도 있다. 그리고 당신이 필요로 하는 것을 부탁하기를 두려워하지 않으며, 누구에게든, 무엇에게든 '예'나 '아니요'라고 분명하게 대답하기를 꺼려하지 않는다.

다른 사람으로부터 심판받는 것을 두려워하지 않고 살아가는 삶을 상상해보라. 당신은 더 이상 당신에 대한 다른 사람들의 의견을 좇아 행동하지 않으며, 어떤 사람의 의견에도 구애받지 않는다. 당신이 어느 누구도 지배할 필요가 없듯이 어느 누구도 당신을 지배할 필요가 없다.

당신이 다른 사람을 심판하는 일 없이 산다고 상상해보라. 당신은 다른 사람들을 쉽게 용서할 수 있고, 당신의 모든 심판도 전부 털어버릴 수 있을 것이다. 당신이 굳이 옳은 사람이어야 할 이유가 없으니, 다른 사람을 굳이 그른 사람으로 만들 필요도 없다. 당신이 당신 자신을 비롯해 모든 사람을 존중하면, 다른 사람들 역시 당신을 존중할 것이다.

사랑하는 것을 망설이지 않으며 사랑받지 못할까 봐 두려워하지 않는 자신의 삶을 상상해보라. 당신은 더 이상 남들로부터 거부당할까 봐 두려워하지 않게 되고, 따라서 남들에게 인정받을 필요도 없다. 당신은 조금도 겸연쩍어하거나 변명하는 일 없이 "당신을 사랑합니다"라고 말할 수 있다. 또 마음을 활짝 열고 세상을 활보하면서 상처받을까 봐 걱정하지 않아도 된다.

아무런 두려움 없이 위험을 무릅쓰고 삶에 대한 모험을 추구하며 사는 자신의 모습을 상상해보라. 당신은 어떤 것을 잃어버려도 두렵지 않다. 또 이 세상에 살아 있는 것을 겁내지 않으며, 죽는 것도 눈 하나 깜짝하지 않는다.

당신이 지금 그대로의 자기 자신을 사랑한다고 상상해보라. 당신은 지금 그대로의 당신의 몸과 지금 그대로의 당신의 감정을 사랑한다. 그리고 지금 그대로의 자기 자신이 완벽하다는 것을 안다.

당신에게 이런 상상을 해보라고 요구한 이유는 이 모든 일이 전적으로 가능하기 때문이다! 당신은 은총의 상태이자 지복의 경지인 천국의 꿈속에서 살 수 있다. 하지만 이 꿈속에서 살기 위해서는 먼저 그 꿈이 무엇인지 알아야 한다.

사랑만이 당신을 그와 같은 지복의 경지로 데려다줄 수 있다. 지복의 경지에서 사는 것은 사랑 안에서 사는 것과 비슷하고, 사랑 안에서 사는 것은 지복의 상태에서 사는 것과 비슷하다. 말하자면 구름 속을 둥둥 떠다니는 기분이다. 또 어디에 가든 사랑을 느낄 수 있다. 그런데 반갑게도 평생을 이런 식으로 사는 것이 가능하다. 이미 다른 사람들이 그렇게 살아왔으니 당신이라고 그러지 말란 법이 없다. 당신도 그들과 똑같은 사람 아닌가. 그들이 지복의 경지에서 살 수 있는 이유는 자신들이 과거에 맺었던 약속을 새로운 약속으로 바꾸고, 이제까지와는 다른 새로운 꿈을 꾸고 있기 때문이다.

일단 지복의 경지에서 사는 삶이 어떤 것인지 알고 나면 당신도 그와 같은 삶을 살고 싶을 것이다. 당신은 지상 천국이 진실이라는 것을, 그런 천국이 실제로 존재한다는 것을 알게 될 것이다. 일단 천국이 존재한다는 것과 그 안에서 사는 것이 가능하다는 사실을 알고 나면, 그렇게 살기 위해 노력하느냐 마느냐는 당신에게 달려 있다. 이천 년 전에 예수는 하늘나라의 왕국에 대해, 사랑의 왕국에 대해 설교를 했지만 안타깝게도 거의 아무도 이 말을 들을 준비가 되어 있지 않았다. 대신 사람들은 물었다. "지금 무슨 말을 하고 있는 거요? 내 가슴은 텅 빈 채 당신이 말하는 사랑을 느끼지 못하고 있소. 당신이 느낀다는 평화도 난 모르겠소." 하지만 당신은 이렇게 물어볼 필요가 없다. 다만 그분이 말씀하신 사랑의 메시지가 가능하다고 상상하기만 하면 그것을 바로 가질 수 있을 것이다.

우리가 사는 세상은 대단히 아름답고 멋진 곳이다. 당신 삶의 방식이 사랑이라면 삶은 아주 쉬울 수 있다. 당신은 언제나 사랑하며 살 수 있는데, 물론 선택은 당신 몫이다. 경우에 따라서는 사랑할 이유를 찾지 못할 수도 있지만 그래도 당신은 사랑할 수 있다. 사랑으로 인해 당신이 말할 수 없이 행복해지기 때문이다. 행동으로 옮겨진 사랑만이 행복을 낳는다.

사랑은 당신에게 내적 평화를 가져오고, 그 평화가 이 세상의 모든 것에 대한 당신의 인식을 변화시킬 것이다.

당신은 모든 것을 사랑의 눈으로 볼 수 있다. 또 당신 주변이 온통 사랑으로 가득 차 있음을 깨달을 수 있다. 당신이 이런 식으로 살 경우 당신 마음속에 더 이상 안개는 존재하지 않는다. '미토테'는 영원히 돌아오지 않는 휴가 여행을 떠나버렸다. 이것이 바로 인류가 오랫동안 추구해온 삶이다. 인류는 수천 년 동안이나 행복을 찾아 헤맸다. 행복이란 잃어버린 낙원으로, 인류는 이 낙원을 되찾기 위해 정말로 피나는 노력을 했다. 이 노력이 곧 마음의 진화 과정의 한 부분이며 인류의 미래이기도 하다.

그런데 이제 이와 같은 삶의 방식이 가능할 뿐 아니라 그것도 바로 우리 손안에 있다. 모세는 그것을 약속의 땅이라고 부르고 부처는 열반이라고 불렀으며, 예수는 천국이라고 불렀는데, 톨텍 인디언들은 그것을 '새로운 꿈'이라고 부른다. 안타깝게도 우리의 정체성은 지구의 꿈과 뒤섞여 있고, 우리의 모든 믿음과 약속은 안개 속에 잠겨 있다. 우리는 기생충의 존재를 느끼면서 그것이 우리 자신이라고 믿는다. 이런 믿음이 기생충을 몰아내고, 서로 사랑하며 살 수 있는 공간을 마련하는 일을 어렵게 만든다. 우리는 판관에게 찰싹 들러붙어 있고, 희생자에게서 떨어질 줄 모른다. 또 고통 속에서 오히려 안도감을 느끼는데 이는 우리가 그런 생활에 아주 이골이 났기 때문이다.

그렇지만 우리가 고통 받아야 할 이유는 조금도 없다. 우리가 고통을 겪는 유일한 이유는 우리 자신이 그러기로 결심했기 때문이다. 자신의 삶을 살펴보면 고통 받을 만한 이유가 널려 있는 것처럼 보인다. 하지만 막상 따져보면 정작 그럴 만한 타당한 이유는 하나도 찾을 수 없다. 이것은 행복의 경우도 마찬가지다. 우리가 행복한 유일한 이유는 우리 스스로 그렇게 살기로 결심했기 때문이다. 결국 행복도 고통도 우리가 선택한 것이다.

우리는 인간이라는 운명을 벗어날 수는 없지만 선택은 할 수 있다. 자신의 운명을 괴로워할 것이냐, 즐길 것이냐는 순전히 우리의 선택에 달려 있다. 고통스러워하며 살 것인가, 아니면 사랑을 나누며 행복하게 살 것인가? 지옥에서 살 것인가, 아니면 천국에서 살 것인가? 나의 선택은 천국에서 사는 것이다.

당신의 선택은 과연 무엇인가?

기도

잠시 눈을 감고 가슴을 활짝 연 채 자신의 가슴에서 우러나오는 모든 사랑을 느껴보십시오.

당신이 당신의 마음과 가슴속에 내 말을 새겨두고 공감하며 끈끈한 사랑의 유대감을 느낄 수 있기를 바랍니다. 이제부터 우리 함께 창조주와의 교감을 경험하기 위해 아주 특별한 기도를 올리도록 합시다.

이 세상에 당신의 폐만 존재하는 양, 온 신경을 당신의 폐에 오롯이 집중하십시오. 인체의 가장 중요한 욕구를 충족시키기 위해, 즉 숨을 들이마시기 위해 당신의 폐가 부풀어 오르는 순간의 기쁨을 느껴보십시오.

숨을 깊이 들이마시면서 당신 폐를 가득 채우고 있는 공기를 느껴보십시오. 그 공기가 왜 사랑과 같은 것인지 느껴보십시오. 공기와 폐의 유대 관계가 곧 사랑의 관계임을 깨닫기 바랍니다. 당신의 몸이 공기를 밖으로 밀어내야 할 때까지 숨을 한껏 들이쉬며 당신의 폐를 부풀어 오르게 하십시오. 그런 다음 숨을 내쉬면서 다시 한 번 기쁨을 느끼십시오. 사람은 자신의 몸이 원하는 바를 충족시키고 나면 자기도 모르게 기쁨을 느끼게 됩니다. 숨을 쉬는 행위는 우리에게 커다란 기쁨을 줍니다. 단지 숨을 쉬는 것만으로도 우리는 항상 행복한 마음으로 삶을 즐길 수 있습니다. 살아 있는 것만으로도 충분합니다. 살아 있는 기쁨을, 사랑을 느끼는 기쁨을 느껴보시기 바랍니다.

자유를 위한 기도

우주의 창조주시여, 오늘 우리는 당신이 우리에게 오셔서 우리와 강렬한 사랑의 교감을 나누어주시기를 기도드립니다. 우리는 당신의 진짜 이름이 사랑이라는 것을 압니다. 그러므로 당신과 교감을 나눈다는 것이 당신과 똑같은 진동과 똑같은 주파수를 공유한다는 뜻임을 압니다. 당신이야말로 이 우주에 거하는 유일한 존재이기 때문입니다.

오늘 우리가 당신과 같은 존재가 될 수 있도록 도와주소서. 우리가 삶을 사랑할 뿐 아니라, 우리 자신이 삶이 되고 사랑이 될 수 있도록 도와주소서. 당신이 베푸는 사랑처럼 우리도 아무런 조건이나 기대나 의무감 없이, 어떤 심판도 하지 않고 이 세상의 모든 것을 사랑할 수 있도록 도와주소서. 또 어떤 심판도 하지 않고 자기 자신을 사랑하고 받아들일 수 있도록 도와주소서. 자신을 심판하면 자연히 자신의 죄를 발견하게 되고 그러면 벌을 받아야 하기 때문입니다.

당신이 창조하신 모든 것을 무조건적으로 사랑할 수 있도록 도와주소서. 특히 다른 사람들, 그중에서도 우리 주변에 사는 모든 친척과 지인들을 진심으로 사랑하게 해주소서. 우리는 그들을 사랑하기 위해 몹시 애를 쓰고 있나이다. 우리가 그들을 거부하는 것은 곧 우리 자신을 거부하는 것이고, 우리 자신을 거부하는 것은 곧 당신을 거부하는 것이기 때문입니다.

그러니 아무런 조건 없이 다른 사람들을 있는 그대로 사랑할 수 있도록 도와주소서. 심판하지 않고 그들을 있는 그대로 받아들이도록 도와주소서. 만일 우리가 그들을 심판하게 되면 그들의 잘못을 발견하고 그들을 비난할 것이며, 그들에게 벌을 내려야 하기 때문입니다.

오늘 우리 마음속에 있는 모든 감정의 독을 깨끗이 씻어주시고, 심판하려는 욕구로부터 우리 마음을 해방시켜주소서. 그래야만 우리가 온전한 행복과 사랑 속에서 살 수 있나이다.

오늘은 아주 특별한 날입니다. 오늘 우리는 다시 사랑하기 위해 우리의 가슴을 열었으므로, 아무런 두려움 없이 서로 "당신을 사랑합니다"라고 말할 수 있습니다. 물론 진심에서 우러나온 말입니다. 오늘 당신께 우리 자신을 바치나이다. 우리에게 오셔서 우리의 목소리와 우리의 눈과 우리의 손과 우리의 가슴을 써주소서. 그리하여 모든 이들과 사랑의 교감을 나누는데 동참할 수 있도록 해주소서. 창조주시여, 오늘 우리가 당신을 그대로 닮을 수 있도록 도와주소서. 오늘 우리가 받은 모든 것에 감사드리나이다. 특히 본래 그대로의 우리 자신으로 살 수 있는 자유를 주심에 특별한 감사를 올리나이다. 아멘.

사랑을 위한 기도

오늘 우리는 당신과 함께 아름다운 꿈을 나누어 가지려고 합니다. 당신도 오매불망 갖기를 소망하게 될 아름다운 꿈입니다. 지금 당신이 살고 있는 이 꿈속은 햇살이 반짝이는 아름답고 따듯한 날입니다. 당신 귀에 새가 지저귀고 바람이 불고 작은 강의 강물이 흘러가는 소리가 들립니다. 당신은 강가로 걸어갑니다. 그런데 강가에서 한 노인이 명상에 잠겨 있는 게 보입니다. 그의 머리에서 오색찬란한 아름다운 빛이 새어 나오고 있습니다. 당신은 노인을 방해하지 않으려고 하지만 그는 벌써 당신이 다가오는 것을 알아차리고 눈을 뜹니다. 사랑이 넘치는 그의 눈에는 환한 미소가 담겨 있습니다. 당신은 노인에게 어떻게 그렇게 아름다운 광채를 뿜어낼 수 있느냐고 묻습니다. 아울러 그 비법을 가르쳐줄 수 있느냐고 묻습니다. 그러자 노인은 자기도 아주아주 오래전에 스승에게 똑같은 질문을 했다고 대답합니다.

그러면서 노인이 자기 이야기를 시작합니다.

"나의 스승님께서는 당신 가슴을 열고 심장을 꺼내시더니 그 심장으로부터 아름다운 불꽃 하나를 가져오셨다오. 그런 다음 내 가슴을 열고 내 심장을 꺼내시더니 그 작은 불꽃을 내 심장 속에 넣어주셨소. 스승님은 내 심장을 도로 가슴속에 넣어주셨는데, 심장이 내 안으로 들어오자마자 강렬한 사랑이 느껴집디다. 그분이 내 심장에 넣어주신 불꽃이 바로 그분의 사랑이었기 때문이오.

그 불꽃은 내 가슴속에서 점점 자라나 아주 커다란 불길이 되었소. 모든 것을 태워버리는 불길이 아니라 정화시키는 불길이었지. 그런데 그 불길이 내 몸의 세포 하나하나를 스치자 그

세포들도 나를 사랑해주었소. 나는 내 몸과 하나가 되었지만 오히려 나의 사랑은 점점 더 커져가기만 했소. 이번에는 그 불길이 내 마음속의 모든 감정에 스치자 그 감정들이 강렬하기 짝이 없는 사랑으로 변하더구려. 결국 나는 나 자신을 무조건적으로, 전적으로 사랑하게 되었소.

그런데 불길이 계속해서 타오르자 나의 사랑을 나누어야겠다는 생각이 들었소. 그래서 모든 나무에 내 사랑을 한 조각씩 넣어주었다오. 그러자 나무도 나를 사랑하게 되면서 나무와 나는 하나가 되었소. 그래도 나의 사랑은 멈추지 않고 점점 더 커나갔소. 그래서 이번에는 모든 꽃과 풀과 흙에 사랑을 넣어주었소. 그러자 그것들이 내게 사랑을 돌려주면서 결국 우리는 하나가 되었소. 그렇게 내 사랑은 점점 더 커져서 결국 이 세상의 모든 짐승까지 사랑하게 되었소. 그것들도 내 사랑에 화답해 나를 사랑해주었고 우리는 하나가 되었다오. 그래도 내 사랑은 지칠 줄 모르고 계속해서 커지기만 합디다.

내가 내 사랑의 조각들을 모든 수정과 땅속의 모든 바위와 흙과 금속에게 나누어주자 그것들도 나에게 사랑으로 화답했고, 결국 나는 지구와 하나가 되었다오. 이어 물과 바다와 강과 비와 눈에게 내 사랑을 나누어주자 그것들도 나에게 사랑을 돌려주면서 우리는 또 하나가 되었소. 그런데도 내 사랑은 자꾸자꾸 커나가기만 합디다. 그래서 이번에는 내 사랑을 공기와 바람에게 나누어주었소. 그 결과 나는 지구와 바람과 바다와 자연과 강렬한 교감을 느꼈고, 내 사랑도 자꾸자꾸 커나갔소.

나는 고개를 들어 하늘과 태양과 별을 우러러보면서 내 사랑을 모든 별과 달과 태양에게 한 조각씩 나누어주었소. 그러자 그것들도 나에게 사랑으로 화답했소. 나는 달과 하나가 되고, 별과 하나가 되고, 태양과 하나가 되었으며 내 사랑도 계속해서 무럭무럭 커나갔소. 또 모든 사람에게 내 사랑을 한 조각씩 나누어준 결과, 나는 모든 인류와도 하나가 되었다오. 언제 어디서 누구를 만나든, 나는 사람들의 눈에서 나 자신을 본다오. 내가 이 세상 모든 것의 일부일 뿐 아니라 그것들을 사랑하기 때문이오."

그러더니 노인이 자기 가슴을 열고 아름다운 불꽃이 들어 있는 심장을 꺼내더니, 당신의 심장 속에 불꽃을 넣어줍니다. 이제 그 사랑은 당신 안에서 자라고 있습니다. 이제 당신은 바람, 별, 물과 모든 자연, 모든 짐승과 하나가 되었으며, 모든 인류와도 하나가 되었습니다. 당신은 당신 심장 속의 불꽃이 내뿜는 열기와 빛을 느낍니다. 당신의 머리에서도 오색찬란한 빛이 아름답게 반짝이고 있습니다. 당신은 사랑의 광채로 빛나는 가운데 이렇게 기도합니다.

우주의 창조주시여, 저에게 생명이라는 선물을 주셔서 진심으로 감사하나이다. 그동안 저에게 꼭 필요한 것들을 전부 다 주신 것도 감사드리나이다. 이렇게 아름다운 몸과 훌륭한 마음을 가지고 살 수 있는 기회를 주셔서 감사하나이다. 당신의 모든 사랑과 당신의 순수하고 한없는 영혼과 당신의 따뜻하고 환한 빛을 제 안에 지니고 살게 해주신 점도 감사드리나이다.

제가 어디를 가든 제 말과 제 눈과 제 심장을 이용해 당신의 사랑을 나눌 수 있게 해주셔서 감사하나이다. 저는 당신을 있는 그대로 사랑하나이다. 또한 당신의 피조물인 저 자신도 있는 그대로 사랑하나이다. 그 사랑과 평화를 가슴에 간직한 채 그 사랑을 새로운 삶의 방식으로 삼을 수 있도록 도와주소서.

그리하면 앞으로 살아갈 제 삶이 그 사랑 안에서 꽃을 피울 것 이옵나이다. 아멘.

옮긴이의 말

톨텍 인디언은 10~12세기경 멕시코 중앙 고원의 테오티우아칸과 툴라Tula 시를 중심으로 톨텍 문명을 번영시킨 종족이다. 아스텍과 마야 문명에 선행했던 톨텍 문명은 높은 수준의 정신문화와 종교 체계로 주변 지역과 후대에 많은 영향을 미쳤다. 뱀 숭배를 비롯한 그들의 여러 의식과 '코요테' '재규어' '독수리' 등의 군사 조직이 유카탄 반도 남부의 주요 마야 도시들로 전해졌다고 한다. 그러다가 12세기부터 이동 생활을 하는 다른 부족의 침략으로 멕시코 중부에서 톨텍족의 패권이 무너졌는데, 침략자들 가운데는 12세기 중반 무렵에 톨텍족의 중심 도시 툴라를 파괴한 아스텍족도 있었다.

영적 세계를 탐구하고 고대로부터 전해오는 진리를 실천하는 과학자요, 예술가 집단이었던 톨텍족의 가르침은 종교적인 것이 아니다. 일상적인 삶의 여정에서 유용하게 활용할 수 있는 하나의 방편이다. 그 가르침은 우리의 삶이 평화와 행복과 축복과 사랑으로 가득 찬 지상 천국이 될 수 있다고 말한다. 이를 위해서는 성장하는 과정에서 자신의 의지와 무관하게 길들여진 상태를 벗어나는 것, 또 자신을 사랑하고 존중하는 마음을 갖는 것이 가장 중요한 열쇠라고 주장한다. 톨텍의 가르침에는 우리의 삶을 변화시키는 데 적용할 수 있는 수많은 실제적인 방법이 제시되어 있다.

돈 미겔 루이스는 톨텍족 출신의 전 세계적인 베스트셀러 작가로, 《네 가지 약속》은 1997년 출간된 이래 8년 이상 〈뉴욕타임스〉의 베스트셀러 목록에 올랐던 그의 대표작이다.

이 책은 나구알이 되어 활동하던 저자가 미국으로 이주해 15

넌 가까이 제자들을 가르치며 사람들의 마음을 치유하고 변화시키는 방법을 모색하고 탐구한 결과물이다.

저자에 의하면 우리가 행하는 모든 일은 우리가 한 약속에 의거한 것이라고 한다. 자기 자신, 다른 사람들, 신, 삶과 맺은 약속들인데 그중 가장 중요한 것이 자기 자신과 맺은 약속이다. 이 약속을 통해 우리는 스스로에게 우리가 누구인지, 어떻게 행동해야 하는지, 무엇이 가능하고 무엇이 불가능한지 말해준다는 것이다.

저자는 이 책에서 이 세상이 한낱 꿈이며, 우리는 수련을 통하여 그 꿈을 통제할 수 있는 능력을 기를 수 있고, 더 나아가 새로운 현실을 창조할 수 있다고 말한다. 그러면서 사랑과 행복과 평화로 가득 찬 삶을 이룰 수 있는 실질적이고 구체적인 네 가지 원칙을 제시한다. 물론 겉으로 보기는 단순하나 사실은 심오하기 짝이 없는 이 약속들을 지키며 살아가기란 그리 쉬운 일이 아니다. 그러나 이 약속들을 삶의 방편으로 선택해 실천하기만 한다면 누구든지 자신의 삶을 변화시킬 수 있다는 것이 저자의 주장이다.

'말로 죄를 짓지 마라, 어떤 것도 자신의 문제로 받아들이지 마라, 추측하지 마라, 항상 최선을 다하라'라는 이 네 가지 원칙은 언뜻 보면 그다지 특별할 것도, 심오할 것도 없어 보인다. 그러나 구체적이고 생생한 예를 들어가며 조곤조곤 설득하는 저자의 이야기를 따라가다 보면 어느새 고개를 끄덕이며 공감하는 자신을 발견하게 될 것이다. 그동안 살아오면서 수도 없이 들은 말들이라 뻔히 아는 것들임에도 마치 처음 듣는 새로운 진리인 양 느껴지기까지 한다.

새로울 것도 없는 이 네 가지 원칙들이 왜 새롭게 다가오는 것일까? 워낙 당연하면서도 유명한 내용들이라 다들 잘 안다고 착각한 나머지 오히려 거기에 담긴 깊은 뜻을 심사숙고할 기회를 갖지 못한 것은 아니었을까. 그것들이 구체적으로 우리 삶과 어떤 상관관계를 갖고, 우리의 행복과 평화와 어떤 인과관계를 맺는지 과연 조목조목 제대로 따져본 적이 있었던가.

저자는 고통스러운 삶을 벗어나 행복한 삶으로 나아가는 방편으로 이 네 가지 원칙을 조목조목 분석해 제시한다. 매우 다행인 것은 그것들이 선문답 같은 막연하고 추상적인 것이 아니라 실제 생활에 즉시 적용할 수 있는 구체적인 방법으로 제시되었다는 점이다. 그 덕에 독자들은 '아! 그렇구나' 하는 깨달음과 함께 그것들을 생활 속에서 실천해보고 싶은 강한 욕구를 느끼게 된다. 이제까지는 지당한 말씀이나 나와는 상관없는 일로 여겨졌던 원칙들이 이 책을 읽으면 한번 해볼 만한 방법으로 다가온 것이다. 피상적으로 알고 있던 것들을 처음으로 제대로 알게 된 덕이요, 구체적이고 실질적인 방법으로 접근하게 된 덕일 것이다. 독자들에게 이런 실천 의지를 자극한 점이 이 책의 최대 미덕이 아닐까 싶다.

개인적으로 이 책을 번역하면서 얻은 가장 큰 수확이라면 나도 이 네 가지 원칙을 적극적으로 내 삶에 적용시켜야겠다고 다짐한 것이다. 행복한 삶을 위해 필요한 것은 지식이 아니라 지혜라는 사실을 새삼스럽게 확인한 것도 큰 소득이다. 독자들이 평화롭고 행복한 삶을 살아가는 데 이 책이 도움이 되기를 기대한다.

유향란

저자 소개

돈 미겔 루이스

돈 미겔 루이스는 영적 치료사 가문에서 태어나 멕시코의 시골에서 '쿠란데라(민간 치료사)'인 어머니와 '나구알(주술사)'인 할아버지의 손에 자랐다. 집안사람들은 미겔이 수백 년에 걸쳐 전해 내려오는 그들 가문의 유산인 치유하기와 가르치기의 비법을 기꺼이 받아들이고, 톨텍 인디언의 비전秘傳의 지혜를 발전시킬 것이라고 기대했다. 그러나 현대식 생활에 마음을 빼앗긴 미겔은 주위의 기대를 저버리고 의과 대학에 진학해 외과의사가 되었다.

그러던 어느 날 거의 죽을 뻔한 경험을 겪고 그의 인생은 송두리째 바뀌었다. 1970년대 초 어느 늦은 밤, 자동차 운전석에 앉은 채 깜빡 잠이 들었던 그가 문득 정신을 차렸을 때 차는 콘크리트 벽을 향해 위태롭게 돌진하고 있었다. 돈 미겔은 자신의 육체 속에 거하지 않는 또 다른 자신이, 두 친구를 안전한 곳으로 끌어내는 자신을 지켜보고 있었다고 회상한다.

이 경험에 충격을 받고 그는 '자신에게 묻기' 집중 훈련을 시작했다. 그는 어머니와 함께 열심히 공부했고 멕시코 사막에서 유능한 주술사와 함께 도제 과정을 마치면서, 고대로부터 전해 내려오는 지혜를 통달하는 데 온 힘을 기울였다. 이미 고인이 된 그의 할아버지도 그의 꿈속에 나타나 계속 가르침을 주었다.

톨텍 인디언의 전통에 따르면, '나구알'이 사람들을 자유의 길로 안내한다고 한다. 독수리 기사 가문 출신의 '나구알'인 돈 미겔 루이스는 고대 톨텍 인디언의 지혜를 현대인들과 나누는 데 자신의 남은 삶을 바치고 있다.